聖王賢之道

湯一介

戊子年夏

紫陽學脈

陳來題
乙未孟夏

新编国学基本教材

李耐儒 ◎ 主编

诗经选读

须 强 ◎ 编注

上海财经大学出版社

图书在版编目(CIP)数据

诗经选读/须强编注．—上海：上海财经大学出版社，2018.9
（新编国学基本教材）
ISBN 978-7-5642-3020-3/F·3020

Ⅰ.①诗… Ⅱ.①须… Ⅲ.①古体诗-诗集-中国-春秋时代 Ⅳ.①I222.2

中国版本图书馆CIP数据核字(2018)第090589号

□ 项目统筹　台啸天
□ 责任编辑　胡　芸
□ 书籍设计　张启帆

诗经选读

须　强　编注

上海财经大学出版社出版发行
（上海市中山北一路369号　邮编200083）
网　　址：http://www.sufep.com
电子邮箱：webmaster@sufep.com
全国新华书店经销
上海雅昌艺术印刷有限公司印刷装订
2018年9月第1版　2018年9月第1次印刷

890mm×1240mm　1/32　8.75印张(插页:4)　196千字
印数：0 001—3 000　定价：32.00元

"新编国学基本教材"编辑委员会

总顾问
郭齐勇　武汉大学国学院院长　教授

学术指导
沈渭滨　秋霞圃书院首任院长　复旦大学历史系教授
王家范　华东师范大学终身教授
葛剑雄　复旦大学历史系教授
骆玉明　复旦大学中文系教授
杨国强　华东师范大学历史系教授
李佐丰　中国传媒大学文学院教授
梁　涛　中国人民大学国学院教授
赵　林　澳门科技大学特聘教授
温伟耀　香港中文大学客座教授
汪涌豪　复旦大学中文系教授
傅　杰　复旦大学中文系教授
朱青生　北京大学历史学系教授
王　博　北京大学哲学系教授
李天纲　复旦大学哲学学院教授
徐洪兴　复旦大学哲学学院教授
徐志啸　复旦大学中文系教授

林安梧　台湾慈济大学教授
周建忠　南通大学文学院教授
张　觉　上海财经大学人文学院教授
张新科　陕西师范大学文学院教授
鲍鹏山　上海开放大学传统文化研究所教授
刘　强　同济大学中文系教授
陈乔见　华东师范大学哲学系副教授
蔡志栋　上海师范大学副教授
朱　璐　上海财经大学副教授

统筹
孙劲松　向　珂

主编
李耐儒

编委（以姓氏笔画为序）
毛文琦　介江岭　可延涛　白　坤　刘乃溪
刘　舫　孙义文　李宏哲　李　凯　张二远
张　华　张　旭　张志强　张　琰　余雅汝
陆有富　房春草　须　强　赵立学　姜李勤
施仲贞　姚之均　徐　骆　晏子然　黄晓芳

本册编注
须　强

总　序

秋霞圃书院创办有年,在民间推动国学普及工作,志在以独立之精神、自由之思想为宗旨,促进古今中外文化思想与学术的交流,为中华民族文化的复兴而尽心尽力。其志可嘉,其行可感!

近年,秋霞圃书院耐儒兄主持编撰"新编国学基本教材"。本套国学教材集复旦大学、武汉大学、南开大学、中山大学、华东师范大学、上海师范大学等名牌院校的二十多名青年学人,采各种版本的国学读本之长,广泛吸取中小学一线语文教师的教学经验,精心编撰,是中小学生比较理想的国学读本,也是便于教师们使用的、较为系统的国学教材。

读本的篇目有:《弟子规》《三字经》《千字文》《千家诗选读》《幼学琼林》《诗词格律》《唐诗选读》《宋词选读》《论语(上)》《论语(下)》《史记选读(上)》《史记选读(下)》《大学 中庸》《诗经选读》《孟子(上)》《孟子(下)》《左传选读(上)》《左传选读(下)》《颜氏家训选读》《老子 庄子选读》《墨子 荀子 韩非子选读》《汉魏六朝诗文选》《唐宋文选》《礼记选读》《楚辞选读》《声律启蒙》《笠翁对韵》。每册有指导性概述,有经典原文,有对原文的注释与译文(赏析),并配上文史链接(延伸阅读)、思考讨论等,图文并茂,准确生动,具有可读性与系统性。

梁启超先生说过,《论语》《孟子》等经典"是两千年国人思想的总源泉,支配着中国人的内外生活,其中有益身心的圣哲格言,一部分久已在我们全社会形成共同意识,我们既做这社会的一分子,总要彻底了解它,才不致和共同意识生隔阂"。这就是说,"四书"等经典表达了以"仁爱"为中心的"仁、义、礼、智、信"等中华民族的核心价值观念,这是中国古代老百姓的日用常行之道,人们就是按此信念而生活的。

中国文化的大传统与小传统是打通了的。国学具有平民化与草根性的特点。中国民间流传着的谚语是:"勿以善小而不为,勿以恶小而为之";"老吾老以及人之老,幼吾幼以及人之幼";"积善之家,必有余庆;积不善之家,必有余殃"。这些来自中国经典的精神,透过《弟子规》《三字经》《百家姓》《千字文》《千家诗》等蒙学读物及家训、族规、乡约、谱牒、善书,通过大众口耳相传的韵语故事、俚曲戏文、常言俗话,成为"百姓日用而不知"的言行规范。

南宋以后在我国与东亚的民间社会流传甚广、深入人心的朱熹《家训》说:"事师长贵乎礼也,交朋友贵乎信也。见老者,敬之;见幼者,爱之。有德者,年虽下于我,我必尊之;不肖者,年虽高于我,我必远之。""人有小过,含容而忍之;人有大过,以理而谕之。勿以善小而不为,勿以恶小而为之。"又说:"勿损人而利己,勿妒贤而嫉能。勿称忿而报横逆,勿非礼而害物命。见不义之财勿取,遇合理之事则从……子孙不可不教,童仆不可不恤。斯文不可不敬,患难不可不扶。"朱子说此乃日用常行之道,人不可一日无也。应当说,这些内容来源于诗书礼乐之教、孔孟之道,又十分贴近大众。它内蕴着个人与社会的道德,长期以来成为老百姓的生活哲学。

王应麟的《三字经》开宗明义："人之初,性本善。性相近,习相远。苟不教,性乃迁。教之道,贵以专。"这就把孔子、孟子、荀子关于人性的看法以简化的方式表达了出来。儒家强调性善,又强调人性的养育与训练。

清代李毓秀的《弟子规》总序说:"弟子规,圣人训。首孝悌,次谨信。泛爱众,而亲仁,有余力,则学文。"以下分成"入则孝""出则悌""谨而信""泛爱众而亲仁"等几部分。这些纲目都来自《论语》。《弟子规》中对孩童举止方面的一些要求,如站立时昂首挺胸、双腿站直,见到长辈主动行礼问好,开门关门轻手轻脚,不用力甩门等,这些规范都是文明人起码应有的,是尊重他人而又自尊的体现。又如:"晨必盥,兼漱口,便溺回,辄净手。冠必正,纽必结,袜与履,俱紧切。""斗闹场,绝勿近,邪僻事,绝勿问。将入门,问孰存,将上堂,声必扬。""用人物,须明求,倘不问,即为偷。借人物,及时还,后有急,借不难。"这都是有助于文明社会的建构的,是文明人的生活习惯,也是今天社会公德的基础。

朱柏庐在《朱子治家格言》起首的一段说:"黎明即起,洒扫庭除,要内外整洁;既昏便息,关锁门户,必亲自检点。一粥一饭,当思来处不易;半丝半缕,恒念物力维艰。"这些都是平实不过的道理,体现到一个人身上就是他的家教。旧时骂人,说某某没有家教,那是很重的话,让其全家蒙羞。我们不是要让青少年一定要做多少家务,而是要他们从小学就动手打理好自己与家庭的事情,不要过分依赖父母、依赖他人,能够自己挺立起来,培养责任意识。同时,让他们知道一粥一饭、半丝半缕都是辛劳所得,我们要懂得去尊重家长与别人的劳动。如果我们真的有敬畏之心,就知道珍惜,不应该浪费。

南开中学的前身天津私立中学堂成立于1904年10月,老校长严范孙亲笔写下"容止格言":"面必净,发必理,衣必整,纽必结。头容正,肩容平,胸容宽,背容直。气象:勿傲,勿暴,勿怠。颜色:宜和,宜静,宜庄。"这四十字箴言来自蒙学,又是该校对学生容貌、行止的基本要求。校内设整容镜,师生进校时都要照镜正容色。后来张伯苓先生治校,坚持了这些做法。

蔡元培先生在留德期间撰写了《中学修身教科书》,该书被商务印书馆于1912年至1921年间共印行了十六版,他还为赴法华工写了《华工学校讲义》,两书影响甚大,今人将其合为《国民修养二种》一书。蔡先生在民国初年为中学生与赴法劳工写教科书,重视社会基层的公民教育。蔡先生的用心颇值得我们重视,他从孝敬父母谈起,创造性地转化本土的文化资源,特别是以儒家道德资源来为近代转型的中国社会的公德建设与公民教育服务。

现今南京夫子庙小学的校训是"亲仁、尚礼、志学、善艺"。我认为这是非常好的。对孩童、少年的教育,首先是培养健康的心性才情,从日常生活习惯,从待人接物开始,学会自重与尊重别人。

我们今天强调成人教育,因为仅有成才教育是不够的,成才教育忽略了我们作为完整的人、健康的人所必需的一些素养,它在人格养成方面几乎是空白的。这不是大学教育才有的问题,而是幼儿园、中小学教育就该关注的。培养青少年的性情,需要家庭、学校、社会的配合。

国学当中有很多修身成德、培养君子人格的内容。中国古典的教育,其实就是博雅教育。传统的教育并不是道德说教,也不是填鸭式满堂灌的教育,而是春风化雨似的,让学生在点滴中有所收获并自己体验,如诗教、礼教、乐教等。

我觉得应该让孩子们处在良好的文化氛围中。家长、老师们要以身作则、言传身教,这对孩子们影响很大。家长、老师们有义务端正自己的言行,尤其在孩子们面前。要培养孩子分辨是非的能力,多在性情教育上下功夫,关注孩子的心理健康,多与孩子交流,洞察他们的情感,并做正确的引导。现在一些家长做不到以身作则,他们撒谎骗人,打骂斗狠,不尊重老人,这些都会给孩子的成长烙下负面的印记。

我们也希望同学们能趁着年轻记性好,多读些经典,最好能背诵一些,其中的意思以后可以慢慢领悟。南宋思想家陈亮说过:"童子以记诵为能,少壮以学识为本,老成以德业为重……故君子之道不以其所已能者为足,而尝以其未能者为歉,一日课一日之功,月异而岁不同,孜孜矻矻,死而后已。"

本丛书所收经典与蒙学读物中有很多圣哲格言,都足以让我们受用终身。我们一直希望能有多一些的国学经典进入中小学课堂,至少让"四书"进入教材。我们希望能多一些国文课,让中小学生能接受到系统的传统语言与文化教育。中华民族有很多优根性,更需大大弘扬。

是为序。

郭齐勇
癸巳春于珞珈山

弟子训

一、怀真善之本,爱父母、爱师友、爱国家、爱民族、爱人类、爱地球上的万物。珍惜生命、健康、亲情和时间。

二、每日诵读经典十分钟,每周必有一日研习国学,以此成为生活的习惯。

三、学以致用,知行合一,以磨炼来坚定自己的意志,以反省来修养自己的性情。意志与性情将会决定自己将来的学业与事业之一切。

四、追求广博的智识,对中外文化有了解,对社会事业有贡献。

五、经常锻炼身体,培养劳作的兴趣和艺术的修养。

六、学会谦让,经常说"您好""对不起""谢谢",是我们最基本的教养。

七、生活衣食器用当俭朴,不攀比、不崇侈;给需要帮助的人提供力所能及的帮助。

八、学会自己的事情自己做;允诺的事情,要尽力做到。

九、逐渐养成独立的人格,思想不盲从;如果内心有信仰,要坚卓而恒久。

十、任何时候都充满自信,在力行中实现自己追求的美好理想。

目 录

总 序	001
弟子训	001
概 述	001
第一章 风	**009**
周南·关雎	009
周南·葛覃	015
周南·卷耳	019
周南·螽斯	022
周南·桃夭	025
周南·兔罝	028
周南·芣苢	032
周南·汉广	036
周南·汝坟	040

召南·鹊巢	043
召南·行露	047
召南·驺虞	050
邶风·绿衣	053
邶风·击鼓	056
邶风·式微	060
邶风·静女	063
鄘风·柏舟	066
鄘风·相鼠	070
卫风·淇奥	073
卫风·考槃	078
卫风·硕人	082
卫风·氓	088
卫风·河广	097
卫风·木瓜	099
王风·黍离	103
王风·君子于役	106
王风·采葛	111
郑风·将仲子	113
郑风·风雨	117
郑风·子衿	120
齐风·东方未明	123

齐风·卢令 ………………………………………	126
齐风·猗嗟 ………………………………………	129
魏风·十亩之间 …………………………………	133
魏风·伐檀 ………………………………………	136
魏风·硕鼠 ………………………………………	140
唐风·蟋蟀 ………………………………………	145
唐风·鸨羽 ………………………………………	149
唐风·葛生 ………………………………………	152
秦风·蒹葭 ………………………………………	156
秦风·无衣 ………………………………………	159
陈风·衡门 ………………………………………	164
陈风·月出 ………………………………………	168
桧风·素冠 ………………………………………	172
曹风·蜉蝣 ………………………………………	176
豳风·七月 ………………………………………	179

第二章 雅　　192

小雅·鹿鸣 ………………………………………	192
小雅·采薇 ………………………………………	197
小雅·菁菁者莪 …………………………………	204
小雅·蓼莪 ………………………………………	208
小雅·鼓钟 ………………………………………	213

小雅·苕之华	218
小雅·何草不黄	221
大雅·生民	224
大雅·公刘	235

第三章　颂　　　　　　　　　　　　　　　245

周颂·丰年	245
鲁颂·驷	248
商颂·烈祖	254

跋：古典的回归与文化自觉　　　　　　　260

概　述

《诗经》是我国最早的一部诗歌总集。原名为《诗》,汉代被奉为经典,尊称为《诗经》。它收录了自西周初年至春秋中期500多年间的305首诗歌,取其约数,又称《诗三百》。另有6首只存篇目而无歌辞,后人称为"笙诗"。

《诗经》305篇,根据郑樵《通志·总序》的说法可一分为三,即"风土之音曰'风',朝廷之音曰'雅',宗庙之音曰'颂'"。也就是说,按照不同的乐调可分为《风》《雅》《颂》三部分。《风》是地方土调,共160篇,是15个地方的歌谣,称为"十五国风";《雅》是朝廷乐调,共105篇,由《小雅》《大雅》两部分组成;《颂》是庙堂乐歌,共40篇,由《周颂》《鲁颂》《商颂》三部分构成。

《诗经》的文献学考证还有争议。从时间上看,《诗经》所反映的是公元前11世纪到公元前6世纪前后的历史时代。其中,《风》的写作时间贯穿《诗经》所反映的整个时代;《大雅》产生于西周,《小雅》产生于西周末年至东周初年;《周颂》产生于西周前半期,《鲁颂》和《商颂》产生于东周春秋时期。从地域上讲,《诗经》所反映的地区相当辽阔。《风》主要产生于黄河流域,并远及汉江流域,包括今天的陕西、山西、河南、河北、山东、湖北北部、安徽北部和甘肃南部等地区;《雅》产生于当时政治、经济、文化中心的西都镐京和东都洛邑及其周围城郊地区;《颂》是统治者的祭祀乐歌,《周颂》产生于西周的首都镐京,《鲁颂》产生于春秋鲁国的首都,在今山东曲阜一带,《商颂》产生于春秋宋国首都,即今河南商丘一带。

时间跨度这么长,地域分布这么广,再加上上古时代交通不便,诸侯各国的语言文字不尽相同,把如此分散的作品收集到一起,堪称中国古代文学史上的一大壮举。那么,《诗经》是通过怎样的方式搜集、编订的呢?历史上有采诗说、献诗说、删诗说。根据《左传》《汉书》等文献记载,周代设有采诗官,被称为"行人",他们到民间采集诗歌民谣,《诗经》中的《国风》大部分是通过这种方式汇集起来的。根据《国语》《礼记》等文献记载,先秦时代有公卿士大夫献诗的制度,目的是运用诗歌进行讽谏或赞誉,发表对政治的评价。《诗经》中的部分《风》诗以及《雅》诗中的大部分,可能就是通过献诗的方式汇集起来的。汇集起来的这些诗歌是由谁整理编订的呢?司马迁在《史记》中明确指出是孔子删选、整理、编订的。但是,唐代的孔颖达对这种说法就提出了质疑,经宋以来的学者考证,《诗经》在孔子以前就已经定型。根据历代学者的研究,一般认为《诗经》的结集者是周王朝的太师、乐工。因为《诗经》305篇都是乐歌,它们采自各诸侯国,经太师审定配乐,又颁之于诸侯国,成为通用的乐歌,所以太师、乐工既是《诗经》的搜集者、加工整理者,同时又是《诗经》的演唱者、流传者。《周礼·春官》云:"太师教六诗:'曰风曰赋曰比曰兴曰雅曰颂。'"就是文献证明。孔子虽然未曾删诗,但他为《诗经》的完善、传播和保存做出了巨大的贡献。《诗经》的出现,标志着我国最早的文学样式诗歌从口头到书面、从民间到宫廷发展阶段的完成。

秦始皇焚书坑儒,先秦典籍遭受浩劫。依靠一些儒生的口耳相传,《诗经》有幸得以保存。汉代的时候,传播《诗经》的有鲁、齐、韩、毛四家。其中,鲁人申培、齐人辕固生、燕人韩婴三家所传的本子用当时通行的汉隶书写的,称为"今文经";而鲁人毛亨、赵人毛苌(cháng)所传的本子是用先秦古文字籀(zhòu)文书写的,称为"古文经"。"毛诗"在西汉虽未被立为官学,但在民间已广泛传授,并最终压倒了其他三家诗,东汉时开始盛行于世,并一直流传至今,而鲁、齐、韩三家诗则先后散亡。

从思想内容看,《诗经》是周代社会的一面镜子。它广泛而又深刻地反映了周代社会的现实面貌,表现了当时各阶层的生活、思想、情感和文化观念,内容非常丰富。总体而言,《风》大部分是民间歌谣,较多反映人民生活,兼及其他方面;《小雅》有部分是民歌,是描写人民生活的,还有很多篇章是描写上层贵族生活的;《大雅》和《三颂》则大多数描写统治者和上层贵族的生活。具体而言,大致包括以下几个方面:

第一,深刻揭露社会各阶层的尖锐矛盾。纵观中国历史,类似文景之治、贞观之治的太平、繁荣时期,总是短暂而又稀少。大多数时候,战火不断,社会动荡,民生艰难,矛盾众多。《诗经》时代更是如此,由"封邦建国"而形成的不同阶层——周天子、诸侯、卿大夫、士以及底层平民,代表了不同的利益阶层。不合理的社会制度和不公平的社会分配总会引起各阶层的诸多矛盾。加上沉重的徭役、连年的战火、落后的生产力,使底层平民饱尝劳役之苦,备感生活艰辛。他们对上层贵族的不满、愤怒,乃至反抗在所难免。《邶风·式微》描写劳动者终年劳作、昼夜不辍的苦难生活,他们对统治阶层极端憎恨,发出了深沉的抗议呼声;《魏风》的

《伐檀》《硕鼠》是《诗经》中的名篇,一针见血地揭露了上层贵族的寄生虫本质,表现了阶层间的矛盾对立。他们梦想着要寻找没有痛苦和战乱,到处是良田、美池、桑竹的理想国土,虽然是一种乌托邦式的空想,但在一定程度上反映了平民阶层的自我觉醒、反抗意识和斗争精神。

第二,暴露统治阶层荒淫无耻的丑恶生活。例如,《陈风·株林》揭露了陈灵公和夏姬的淫乱生活;《鄘风·墙有茨》嘲讽了宣姜与庶子公子顽通奸的丑事,塑造了貌美而无耻的"国母"形象;《邶风·新台》把卫宣公比作癞蛤蟆,讽刺他霸占儿媳为妻的丑恶行径;《齐风·南山》痛斥了齐襄公与胞妹文姜的禽兽行为……这些诗篇如果组合在一起,犹如一幅绝妙的宫廷百丑图,使我们看到了统治阶层虚伪、腐朽的丑恶面貌。

第三,反映战争和徭役给人民带来的苦难。例如,《唐风·鸨羽》反映了役夫长期劳役以致田园荒芜、父母失养,只能绝望地对天悲呼;《小雅·采薇》描写了久役而归的戍卒为了抗击狁,终年过着艰苦的生活,内心哀怨悲伤;《邶风·击鼓》《王风·君子于役》《小雅·何草不黄》等诗篇则表现了征夫对战争的深恶痛绝,以及行役在外的痛苦和怨愤,同时也从侧面反映了有周一代四夷交侵、诸侯争霸、战乱频繁的社会现实。

第四,反映当时的婚姻、爱情生活。恋爱、婚姻题材的作品在《诗经》中占有很大的比重,而且内容十分丰富。《周南》的《关雎》《桃夭》和《汉广》,《邶风·静女》,《秦风·蒹葭》等作品均是反映此类题材的名篇,表达了纯洁朴素、健康真挚的情感。《郑风·将仲子》反映了男女爱情和礼教之间的矛盾,《鄘风·柏舟》表达了争取婚姻自由的坚定决心,而《卫风·氓》则揭露了夫权制的罪恶,表达了对妇女受歧视、遗弃现象的批判。这些诗篇反映了在《诗经》时代人们就具备了正确的恋爱观、婚姻观,表达了劳动人民对真正爱情和幸福婚姻的追求。

第五,反映当时人民的劳动生活。诗歌起源于劳动,劳动与歌谣的关系向来是十分密切的。《诗经》中的很多诗篇,如《周南·芣苢》《魏风·十亩之间》《豳风·七月》《周颂·载芟》等,从各个角度描写了人们的劳动情况,耕种、采桑、养蚕、纺织、打猎、酿酒……仿佛重现了《诗经》时代的劳动场景,是我们了解古代农耕社会的重要史料。

第六,反映统治阶级和贵族阶层的生活。主要分两类:一类是宴饮诗,如《小雅》的《鹿鸣》《伐木》《鱼丽》《南有嘉鱼》《湛露》《宾之初筵》,《大雅》的《行苇》《既醉》等篇,都是描写统治者和贵族阶层粉饰太平、和亲睦友的大规模宴会;另一类是祭祀诗,反映的是以祭祀为中心的活动,祭天地、祭山川、祭祖先、祭鬼神等,以《颂》诗为多,《周颂》的《清庙》《思文》《噫嘻》《丰年》,《商颂》的《那》《烈祖》等篇皆属此列。

第七,反映商、周的开国史诗。《商颂·玄鸟》写商之始祖契(xiè)的诞生,具有神话色彩;又写成汤、武丁建国、拓疆的伟业,富有历史意义。《大雅》中的《生民》《公刘》《绵》《皇矣》《大明》五首诗,向来被称为周人的史诗。这些诗作不仅勾勒了周王朝的发祥、创业和建国史,而且塑造了后稷、公刘、古公亶父、文王和武王五位才智出众、艰苦创业的开国英雄。虽然带有神话传说、歌功颂德的色彩,但是也为我们保留了上古时代难得的一份史料。

从艺术特色看,赋、比、兴手法的创始是《诗经》最为突出的艺术成就。朱熹解释说："赋也,敷陈其事而直言之者也";"比者,以彼物比此物也";"兴者,先言他物以引起所咏之词也"。用现在的话来说,赋,是对事物作直接的陈述或描写;比,是对事物作形象的比况,即打比方;兴,是先用别的事物发端,引出所要歌咏的事物。例如,《关雎》首章以雎鸠和鸣声起兴,表白男子欲求"窈窕淑女"。《豳风·七月》铺叙了农人一年四季的劳动和生活状况,以赋法为主。而《卫风·硕人》中"手如柔荑,肤如凝脂,领如蝤蛴,齿如瓠犀,螓首蛾眉"五句话,连用六个比喻,活脱脱地勾画出了一位美艳绝伦的贵族女子形象,是典型的比法。可以说,赋、比、兴的手法在《诗经》中俯拾皆是。当然,《诗经》中的赋、比、兴不是机械、单一的使用,而是在同一诗篇中交错使用,有时是比而兴,有时是兴而比,有时是赋、比、兴联合使用。

重章复沓充分体现了《诗经》的语言形式美,这是《诗经》的第二个艺术特色。所谓"重章复沓",即全篇各章几乎完全一样,中间只换几个字,甚至只换一两个字,反复咏叹,表达作者的情感,增强感染力。这是诗歌或散文创作中常用的一种艺术表现手法。它可以起到突出思想、强调感情、分清层次、加强节奏和提醒读者等效果。这种艺术手法在《诗经》的许多篇章中都得到了运用,对后世的诗歌创作影响极大。

《诗经》语言典雅,充满书卷气,具有极强的生命力。出自《诗经》的"窈窕淑女""辗转反侧""赳赳武夫""忧心忡忡""搔首踟蹰""如履薄冰"等两百多个成语、熟语至今还在广泛使用。孔子说"不学《诗》,无以言",很值得参考。此外,《诗经》的韵律十分和谐、成熟,开创了诗歌创作的押韵范例。著名学者、音韵学家王显先生在《诗经韵谱》中总结了《诗经》的两条用韵规则:一是同诗中上下章相同的句子,要入韵就成系统地入韵,要不入韵就成系统地不入韵;二是同诗中句末带有相同的虚字句,要入韵就成系统地入韵,要不入韵就成系统地不入韵。后世诗歌押韵中的一韵到底、中间转韵、句句押韵、交错押韵等押韵方式,都能在《诗经》中找到先例。

从文化价值看,《诗经》简直可称得上一部"百科全书"。《诗经》记录了大量的历史信息,是研究上古史的极好资料。《诗经》中记载了大量的山川、河流、地名,是研究古代地理、历史地理学的重要资料。《诗经》中保留了大量上古的语音信息、文字信息,是研究文字学、音韵学的第一手材料。据胡朴安在《诗经学·诗经之博物学》中的统计:草名105,木名75,鸟名39,兽名67,昆虫名29,鱼名20,器物名300余,反映了古代先民对自然认识的深度和广度。毫不夸大地说,《诗经》是中华民族珍贵的文化宝库。

总之,《诗经》是我国现实主义文学的源头,是我国诗歌创作的光辉起点。无论是思想内容还是艺术技巧,《诗经》都达到了难以企及的文化高度,对后世的诗歌创作,乃至整个古代文学的发展,有着极其巨大的影响。诵读《诗经》是继承中华优秀文化的重要渠道,对于提高公民的人文素养具有十分重要的作用。

笔者在指导学生诵读经典之暇,编写了《诗经选读》一书,意在为中小学生提供一本通俗易懂的经典诵读读本,提高学生经典诵读的素养。本书在注音、注释、翻译方面,主要参考了余冠英的《诗经选》、程俊英的《诗经译注》、金启华的《诗经全译》等现代学人的著作;在诗歌赏析方面,参考了《毛诗正义》《诗经集注》《诗经原始》《诗经通论》等古代著作,同时吸收了郭沫若、高亨、闻一多、陈子展、袁梅、李学勤、扬之水等现当代学者的研究观点。本书在编写过程中多次得到丛书主编李耐儒先生的指点和帮助,在此表示衷心的感谢!囿于笔者水平有限,编写时间仓促,书中一定还有许多错误、不当之处,敬请读者批评指正。

第一章 风

周南·关雎

关关雎鸠[1],在河之洲[2]。
窈窕淑女[3],君子好逑[4]。

参差荇菜[5],左右流之[6]。
窈窕淑女,寤寐求之[7]。

求之不得,寤寐思服[8]。
悠哉悠哉[9],辗转反侧[10]。

参差荇菜,左右采之。
窈窕淑女,琴瑟友之[11]。

参差荇菜,左右芼之[12]。
窈窕淑女,钟鼓乐之[13]。

静女　无款　民国

注释

[1]关关:雎鸠(jū jiū)和鸣声。雎鸠:水鸟名,一名王雎,相传这种鸟雌雄情意专一,相伴生死。　[2]河:黄河。洲:水中的陆地。　[3]窈窕(yǎo tiǎo):美心为窈,美状为窕,窈窕指心灵外貌兼美。淑:善,好。淑女就是好姑娘。　[4]君子:当时贵族男子的通称。好逑(hǎo qiú):好的配偶。逑:同"仇",配偶。[5]参差(cēn cī):长短不齐的样子。荇(xìng)菜:一种水生植物。[6]流:通"摎",求,寻求的意思,和下文的"采""芼"意义相近。[7]寤寐(wù mèi):睡醒为"寤",睡着为"寐",这里犹指日夜。[8]思:语助词。服:思念。　[9]悠哉:思念深长、绵绵不断的样子。　[10]辗转反侧:翻来覆去,不能安睡。辗:转。反:覆身而卧。侧:侧身而卧。　[11]琴瑟:弦乐器。琴五弦或七弦,瑟二十五弦或五十弦。友:亲爱。　[12]芼(mào):拔,择取。[13]乐:娱悦,使人快乐。

译文

王雎关关相对唱,在那河中小洲上。
美丽善良好姑娘,君子欲与配成双。

长长短短青荇菜,这边那边来捞它。
美丽善良好姑娘,醒来梦里思念她。

追求她呀追不上,睡梦里都把她想。
长长夜啊夜长长,翻来覆去到天光。

长长短短青荇菜,这边那边来采它。
美丽善良好姑娘,想弹琴瑟亲近她。

长长短短青荇菜,这边那边来拔它。
美丽善良好姑娘,敲着钟鼓娱悦她。

赏析

《关雎》是《诗经》的第一篇,被誉为我国最早的情诗。古人将其冠为三百篇之首,其重要性不言而喻。为何排在第一篇呢?《毛诗序》说:"《风》之始也,所以风天下而正夫妇也。故用之乡人焉,用之邦国焉。"这反映了中国古代的一种伦理思想:"五伦",即夫妇、父子、兄弟、君臣、朋友。五伦之中,感情最亲密的莫过于夫妇。《易经》说:"有天地然后有万物,有万物然后有男女,有男女然后有夫妇,有夫妇然后有父子,有父子然后有君臣。"这里《易经》不仅把夫妻关系看作种的繁衍,而且把夫妻关系放在整个人伦关系的出发点上。作为五伦之首,天下一切道德的完善,都必须以它为基础。《论语·八佾》中记载了孔子对此诗的评价:"《关雎》乐而不淫,哀而不伤。"这种"温柔敦厚"的诗教观认为,《关雎》可以用来感化天下,既适用于"乡人"(普通百姓),也适用于"邦国"(统治阶层)。声、情、文、义俱佳,足以为《国风》之始、《三百篇》之冠。

《关雎》的主旨历来有争议,古代学者多数认为是歌颂"后妃之德"。其实,诗中根本看不到后妃踪影。就其内容而言,无非是讲男子慕恋女子,想和她结成终身伴侣,是一首典型的恋歌。全诗共五章,第一章以雎鸠和鸣声起兴,男子表明自己欲求"窈窕淑女"。第二章写男子对女子"寤寐求之"的相思之情。第三章写男子因"求之不得"而饱受单相思的煎熬,整夜翻来覆去睡不着,满脑子都是姑娘的身影。第四、五章写男子只能在想象中同他的心上人亲近、结婚。全诗表现了男子对心仪淑女的执著追求,真实地反映了当时青年男女对美好、纯洁婚姻的渴望与追求。

《诗经》中保留了众多的原始成语,经过数千年的口耳相传,有些已经成为大众喜爱的成语和熟语,至今还在日常生活中被广泛使用。《关雎》中有几个成语都是人们耳熟能详的。"窈窕淑女"指内外兼修的好姑娘;"君子好逑"指美丽善良的姑娘是君子喜爱的对象。两词连用即体现了上古男子的择偶标准,他们希望未来的伴侣兼具外表美和内在美的品性。这也能从"流、采、芼"三个动词中得到印证。从比兴的角度,可以这样理解三个动词的含义:"流"是寻求的意思,说明还没有明确的目标,只能慢慢物色,宛如在水中寻找中意的荇菜;"采"是采摘的意思,说明此时目标已经明确,这是一个非常美好的少女,就像长短不齐的荇菜中最悦目的一棵,是自己要采摘的对象;"芼"是拔、择取的意思,犹言找到这样的好姑娘,就要把她娶到手,只等婚期一到,美好的婚姻生活就开始了。"窈窕淑女""君子好逑"两个词语直到现在还是男子追求佳偶的套语。"求之不得"的意思是指急切企求,但不能得到;"辗转反侧"形容躺在床上翻来覆去睡不着。这两个成语说明小伙子无论醒来还是睡觉时,都在思念这位姑娘,足见思念之深。由"琴瑟友之""钟鼓乐之"演化出的成语"琴瑟之好",则比喻夫妻间感情和谐,本诗中指男子在想象中体现出的对未来美满婚姻的期望。

在用语方面,本诗采用了一些双声叠韵联绵词,以增强描写的生动性和音调的和谐美。例如,"参差"是双声,"窈窕"是叠韵,而"辗转"既是双声又是叠韵。"参差荇菜"是描写景物,"窈窕淑女"是模拟形象,"辗转反侧"是修饰动作,读之声情并茂,生动活泼。在用韵方面,本诗开创了古典诗歌押韵的基本规则:首句引韵,偶句入韵,依段换韵。前两章"鸠、洲、逑、流、求"押幽韵;从第三章起每章换韵,"得、服、侧"押职韵(古今发音不同),"采、友"押之韵,"芼、乐"押宵韵、药韵。在用韵上唯有一点与后世诗歌不同,即六个"之"作虚字脚的句子,入韵的不是句末的虚字"之",而是"之"字前面的实字。

最后谈谈本诗中的"君子"一词。据统计,《诗经》中有61篇使用了"君子"一词,共183次,是出现频率颇高的一个称谓。这么多的"君子",含义的弹性很大,因诗而异,主要有以下几类:一是指周王或各国诸侯,如《大雅·泂酌》"恺悌君子,民之父母"中的"君子";二是指有德行的贵族青年,如《小雅·湛露》中的"显允君子,莫不令德"中的"君子";三是对丈夫的爱称,如《郑风·风雨》中"风雨凄凄,鸡鸣喈喈。既见君子,云胡不夷"中的"君子";四是指统治阶级、当政者,如《魏风·伐檀》"彼君子兮,不素餐兮"中的"君子",带有讽刺意味;五是指带兵出征的将军,如《小雅·采薇》"彼路斯何?君子之车"中的"君子"。本诗中的"君子",古人认为是周文王,"淑女"指其妃太姒,故有歌颂"后妃之德"之说。现在多数认为诗中的"君子"是指青年男子,更恰切地说是贵族男子。因为"琴瑟""钟鼓"是当时贵族使用的乐器,诗的原作者可能是一位贵族青年。

思考讨论

朗读并背诵《关雎》,你怎么理解本诗"足以为《国风》之始,《三百篇》之冠"的?

周南·葛覃

葛之覃兮[1],施于中谷[2],维叶萋萋[3]。
黄鸟于飞[4],集于灌木[5],其鸣喈喈[6]。

葛之覃兮,施于中谷,维叶莫莫[7]。
是刈是濩[8],为𫄨为绤[9],服之无斁[10]。

言告师氏[11],言告言归[12]。
薄污我私[13],薄浣我衣[14]。
害浣害否[15]?归宁父母[16]。

注释

[1]葛:葛藤,一种多年生植物,其纤维可用来织布。覃(tán):延长。兮:语气词,这里相当于现代汉语的"啊"。　[2]施(yì):蔓延。中谷:就是"谷中"。　[3]维:句首发语词,无实义。萋

(qī)萋:茂盛的样子。　　[4]黄鸟:黄雀,一说黄莺。于:语气词,没有实义。　　[5]集:群鸟栖息在树上。灌木:丛生的树木。[6]喈(jiē)喈:黄雀和鸣的叫声。　　[7]莫莫:茂密的样子。[8]刈(yì):割。濩(huò):煮。煮葛是为了取其纤维,用来织布。[9]绨(chī):细葛布。绤(xì):粗葛布。　　[10]服之无斁(yì):用绤之衣而无厌憎。斁:厌恶。　　[11]言:发语词,无实义,下同。师氏:女师。《传》:"师,女师也。古者女师教以妇德、妇言、妇容、妇功。"这里可指贵族家里管教女奴的老妈子。　　[12]归:回父母家。上两句是说将告归之事告诉女师。　　[13]薄:语首助词,含有"勉力"的意思。污:揉搓着洗。私:内衣。　　[14]浣(huàn):一作澣(huàn),洗。衣:罩衫。　　[15]害(hé):通"曷",就是"何"。否:不要,这里指不需要洗的衣服。　　[16]归宁:归问父母安。宁:慰安。

译文

葛藤枝儿长又长,蔓延在那谷中央,叶儿茂盛青苍苍。
黄鹂飞来又飞往,歇在丛生灌木上,咭咭呱呱在对唱。

葛藤枝儿长又长,蔓延在那谷中央,叶儿茂密绿汪汪。
割它呀,煮它呀,织为细布和粗布,穿上它来不厌恶。

告诉管家老妈子,我要告假回老家。
快快搓洗我内衣,快快浣洗我外装。
哪件不洗哪件洗?我要回家看爹娘。

赏析

《葛覃》是一篇描写女子归宁父母的诗。全诗共三章,每章六句,描写了三个不同的画面。首章写景,女子劳动的地点是一个风景美丽的场所。幽静的山谷里,葛藤蔓延,林木葳蕤(ruí),鸟语花香。第二章描写劳动过程,在绿藤丛中、黄鸟声里,有一位女子正在勤勉而又愉快地采葛煮葛,织布制衣。末章写女子告假归宁,获准后抓紧时间浣洗衣服。从语言节奏看,前两章舒缓平和,第三章变得急促紧迫,一连用几个复叠的字句,急促的音调,表现女子准备回家时抑制不住的兴奋和迫不及待的心情,全诗洋溢着浓郁的生活气息和浓郁的情感色彩。

这位女子是谁?是贵族妇女还是贫民女子?是刚出嫁的新娘还是待嫁之女?弄清这个问题是读懂这首诗的关键,突破口是准确理解诗中的两个词语:"师氏"和"归宁"。

先讲"归宁"。古代称女子回娘家探亲叫"归宁",是一个语义一直沿用至今的词语。"归"字在古代,既可指称女子之出嫁,如《诗经·桃夭》中的"之子于归"即是;也可指出嫁的女子回娘家,如《左传·庄公二十七年》中的"冬,杞伯姬来,归宁也"即是。本诗中的女子究竟是出嫁之女还是待嫁之女呢?前人看法有时完全相反。余冠英的《诗经选》认为,本诗写"一个贵族女子准备归宁的事",即出嫁女子回娘家;而《毛诗序》则认为是赞美后妃出嫁之前"志在于女功之事,躬俭节用"的美德,即"出嫁"说。但是,按照周代礼制,天子、诸侯夫人回娘家都不叫"归宁"。夫人回娘家称"如某",诸侯女回娘家称"来"。两者孰是孰非,似乎一时难以判断。

再说"师氏"。"师氏"一词在《诗经》中出现过三处,除本诗外,还有两处:一处出自《小雅·十月之交》的"楀维师氏",另一处出自《大雅·云汉》的"趣马师氏"。这两处的"师氏"是指掌管贵族子弟教育的官员,都是男官。而本诗的"师氏"是女师,指的是贵族家里管教女奴的老妈子,并非普通的保姆,在奴仆中是有一定权力的。末章"言告师氏,言告言归"可以看出,这位女子绝对不是什么贵族妇女,而是一个出身卑微的女奴。如果是贵族妇女,就不必颠倒尊卑向老妈子告假。再者,如果是贵族妇女,怎么会去干收割葛藤、煮葛织布等繁重的体力活?又怎么会寒碜到回娘家前要赶洗内衣、外衣这种地步?由此可以推断,这位女子是地位比"师氏"低下的女奴。因为忙完活后能回家探望父母,所以劳累的活儿在她看来并不辛苦,欢愉的心情反倒跃然纸上。可见,上文所述的"归宁",既非指女子之出嫁,也非指出嫁女子回娘家,实是指贵族家中的女奴给贵族割葛、煮葛、织布后告假回家探亲的事情。

思考讨论

诗人是怎样表达女子欢乐、迫不及待的心情的?

周南·卷耳

采采卷耳[1]，不盈顷筐[2]。
嗟我怀人[3]，寘彼周行[4]。

陟彼崔嵬[5]，我马虺隤[6]。
我姑酌彼金罍[7]，维以不永怀[8]。

陟彼高冈，我马玄黄[9]。
我姑酌彼兕觥[10]，维以不永伤[11]。

陟彼砠矣[12]，我马瘏矣[13]，
我仆痡矣[14]，云何吁矣[15]！

注释

[1]采采：采了又采。另一说，茂盛的样子。卷耳：植物名，又名苍耳，嫩苗可食，其果实苍耳子可做药用。　　[2]盈：满。顷筐：斜口浅筐，前低后高，犹今之畚箕。　　[3]嗟：语助词。我：采者自称。怀：思念。　　[4]寘(zhì)：同"置"，放置。彼：那，指盛着卷耳的顷筐。周行(háng)：大道。　　[5]陟(zhì)：登高。崔嵬(wéi)：高而不平的土石山。　　[6]我：自此以下的"我"都是

思妇代远行丈夫的自称。虺隤(huī tuí):腿软足疲之病。
[7]姑:姑且,只好。金罍(léi):盛酒之器。金:指青铜。
[8]维:发语词,无实义。以:借此。永怀:指长相思。　　[9]玄黄:病,这里指眼花。　　[10]兕觥(sì gōng):用犀牛角做的酒杯。　　[11]永伤:长久忧伤。　　[12]砠(jū):覆盖着泥土的石山。　　[13]瘏(tú):马病不能前行。　　[14]痡(pū):人疲困不能前行。　　[15]云:语助词,无实义。吁(xū):忧叹。

译文

采了又采卷耳菜,采不满那斜口筐。
心中思念出门人,筐儿放在大道旁。

登上高高土石山,我的马儿已疲倦。
姑且斟满铜酒杯,借此不再长思念。

登上高高土山冈,马儿得病行踉跄。
姑且斟满犀角杯,借此不再长忧伤。

登上高高乱石冈,马儿累病躺一旁。
仆人疲困走不动,怎么解脱这忧伤!

赏析

《卷耳》是一首描写女子思念远行丈夫的怀人诗。全诗共四章,每章四句。第一章写女主人公无心采摘卷耳,因为她想起了远行在外、旅途颠簸的丈夫。第二章写备受旅途辛劳的丈夫正艰难地行走在崔嵬的山间,人困马乏,忧思愁苦,以酒消愁。第三章是对第二章的复沓,意思相近,仅仅用词稍有变化。犹如回肠荡气的重唱,开拓了诗歌的意境,增强了抒情的效果。第四章又想象马儿累倒,仆人累病,丈夫唏嘘长叹。后三章全是妻子的想象之词,越是写丈夫对妻子的思念,就越能表现出妻子对丈夫的刻骨相思。这种"悬想反说""虚实结合"的手法,越是委婉寄情,越是感人至深,被后代诗人广泛运用。

具体来讲,本诗后三章与第一章在叙述口吻上有很大不同,诗人巧妙地运用想象手法,不是直说自己如何怀念远征的丈夫,而是设身处地地想象丈夫如何思念自己。这种独具匠心的篇章结构有着明显的跳跃感,使它成为怀人诗中最奇特的一篇,对后世怀人题材的诗歌产生了深远的影响。例如杜甫的《月夜》、张仲素的《春闺思》、王维的《九月九日忆山东兄弟》、徐陵的《关山月》、元好问的《客意》等作品,无不受之启迪。

诗中提到了"罍"和"觥"两种酒器。这里补充一些关于古代酒器的常识。"罍"是一种大型的盛酒器,有圆有方,短颈,大腹,有的口大,有的口小。类似的大型盛酒器还有尊、壶、卣(yǒu)、彝、缶等。"尊"又写作樽、鐏,敞口、高颈、圈足,上面常常饰有动物形象;"壶"的特点是长颈、大腹、圈足,有的有提梁,有盖;"卣"是椭圆形的大扁壶,有盖有提梁;"彝"是方形或长方形的,有盖,有的有耳;"缶"是产于秦地的酒器,圆腹小口,用以盛酒浆等。这些是常见的盛酒器,不同的酒器用以贮存不同种类的美酒。人们饮酒时就把它们放在席旁,用勺斗斟入饮酒器中。本诗中提到的另一种酒器"觥"是饮酒器,它的形状像横放着的兽角或瓢,有盖,由锐端往外注酒。其他饮酒器还有爵、觚、斝、觞等。其中,"爵"是古代饮酒器的通名,底部有三足,可以放到火上温酒;"觚"是最常用的饮酒器,口像喇叭,长颈、细腰,圈足,多与爵配套使用;"斝"的形状像爵,但口圆,也有圆底的;"觞"也是一种常见的饮酒器,陶渊明《归去来兮辞》的"引壶觞以自酌",王羲之《兰亭集序》的"一觞一咏,亦足以畅叙幽情"等都提到过"觞"这种饮酒器。

思考讨论

诗人是怎样通过对具体场景和事物的描写来表达妻子对丈夫的刻骨相思的?

周南·螽斯

螽斯羽[1],诜诜兮[2]。
宜尔子孙[3],振振兮[4]。

螽斯羽,薨薨兮[5]。
宜尔子孙,绳绳兮[6]。

螽斯羽,揖揖兮[7]。
宜尔子孙,蛰蛰兮[8]。

注释

[1]螽(zhōng)斯:蝗虫之类的昆虫,是多子的虫。羽:翼,翅膀。　[2]诜(shēn)诜:和顺的响声。　[3]宜:多。尔:指诗人所祝之人。　[4]振(zhēn)振:繁盛众多的样子。　[5]薨(hōng)薨:昆虫群飞的声音。　[6]绳绳:绵延不绝的样子。　[7]揖(jī)揖:同"集",群聚、众多的样子。　[8]蛰(zhí)蛰:众多的样子。

译文

蝗虫儿,展翅膀,嗡嗡飞集在一方。
你们多子又多孙,繁盛众多聚一堂。

蝗虫儿,展翅膀,嗡嗡振翅飞得忙。
你们多子又多孙,绵延不绝聚一堂。

蝗虫儿,展翅膀,纷纷群聚在一方。
你们多子又多孙,欢乐和睦聚一堂。

赏析

《螽斯》是一首祝人多子多孙的颂诗。螽斯是一种蝗虫之类的昆虫,其特点是繁殖能力特别强,一只成虫每次产卵几十粒,每年生两代或三代,诗人以此作比,寄兴于物,祈颂多子多孙,意象十分鲜明。

全诗共三章,每章四句,以三字句为主,这在以四字句为主的《诗经》中是比较少见的。每章前两句描写螽斯的群集众多,后两句颂祝子孙众多。看似通篇描写螽斯,实际通篇在写人。这种一语双关的象征手法,在大量运用比兴手法的《诗经》中也不多见。清人方玉润《诗经原始》评论本诗"诗只平说,唯六字炼得甚新",可谓一语中的。"诜诜""薨薨""揖揖"三个叠词,形象地描述了螽斯的细节特征,表明诗人对螽斯的习性非常熟悉;再用"振振""绳绳""蛰蛰"三个叠词祈颂子孙众多、绵延不绝。三章意义相近而各有侧重:首章侧重多子兴旺,次章侧重世代昌盛,末章侧重欢乐和睦。六个叠词隔句连用,巧妙组合,用语干练,句式整齐,吟诵起来颇有节短韵长的艺术效果。

祈颂多子多孙,体现了华夏民族多子多福的观念,在一定程度上也反映了上古时代的原始生殖崇拜。所谓生殖崇拜,就是对生物界繁殖能力的一种赞美和向往。在科学不发达的上古时代,生殖崇拜是普遍流行的一种社会风俗,人口就是财富,人口就是生产力。生儿育女、繁衍子孙被看作头等重要的事情,因为它关乎种族的延续,关乎物质的生产,关乎社会的发展,关乎人类战胜自然的力量。《螽斯》中的螽斯是一种繁殖能力很强的蝗虫,是上古先民心目中的生殖神,是生殖崇拜的象征物。商周时期,这首诗流行于周南的涂山一带,而当地的腾煌氏就是以蝗为图腾的。其宗旨就是祈求神灵来帮助他们繁育子孙。可见,人丁兴旺、子嗣昌盛是原始先民追求幸福、希望事业兴旺发达的一种美好愿望。

思考讨论

北京故宫中有一道"螽斯门",你能用本诗去解释门名的含义吗?

周南·桃夭

桃之夭夭[1],灼灼其华[2]。
之子于归[3],宜其室家[4]。

桃之夭夭,有蕡其实[5]。
之子于归,宜其家室。

桃之夭夭,其叶蓁蓁[6]。
之子于归,宜其家人。

注释

[1]夭(yāo)夭:指年轻的树茂盛而艳丽的样子。 [2]灼(zhuó)灼:花朵鲜艳盛开的样子。华(huā):同"花"。 [3]之子:这位姑娘。于归:古代称女子出嫁叫"于归"。 [4]宜:通"仪",善、和顺。室家:家庭。男子有妻谓有室,女子有夫谓有家。 [5]有蕡(fén):硕大的样子。蕡:硕大。实:果实,指桃子。

花卉图　赵之谦　清代

[6]蓁(zhēn)蓁：叶子茂盛的样子。

译文

桃树嫩枝真姣好，粉红花儿多艳耀。
这位姑娘要出嫁，家庭生活定美好。

桃树嫩枝真姣好，红白桃儿多肥饱。
这位姑娘要出嫁，为家添丁定美好。

桃树嫩枝真姣好，叶儿绿绿多繁茂。
这位姑娘要出嫁，家人生活定美好。

赏析

朱熹《诗集传》言："然则桃之有华，正婚姻之时也。"可见，上古时期人们喜欢在阳光明媚、桃花盛开的时节迎娶新娘。《桃夭》描写的正是一个美好春光里女子出嫁的事，是一首祝贺婚姻幸福的颂歌。

全诗共三章，每章四句。首章用比兴开篇，以鲜艳的桃花比喻年轻美丽的新娘。第二章描写桃树花开结果，以斑斓硕大的果实祝愿新娘早生贵子。第三章写桃叶的茂盛，象征婚后的家庭生活和和美美。全诗以桃树的花、果、叶作为比兴的事物，衬托出新娘的年轻美丽和结婚时的快乐气氛，字里行间洋溢着民间婚嫁热情欢快的生活气息。

本诗语言优美、精练，且是中国诗歌史上第一次以鲜花比喻女人。自从这个比喻出现后，历代用桃花来比喻美人的诗篇数不胜数。阮籍化用它，在《咏怀诗》中写出了"夭夭桃李花，灼灼有辉光"的佳句。贾至的《赠薛瑶英》中有"舞怯铢衣重，笑疑桃脸开"的好句。最有名的，当数唐代诗人崔护的《题都城南庄》："去年今日此门中，人面桃花相映红。人面不知何处去，桃花依旧笑春风。"人面桃花，交相辉映，是何等的美貌。而"面若桃花""艳如桃李""人面桃花"等词语，也成为形容女子美貌的常用词语。难怪清人姚际恒在《诗经通论》中大为赞赏："桃花色最艳，故以取喻女子，开千古词赋咏美人之祖。"

最后说说由这首诗引出的两个成语。"桃之夭夭，灼灼其华"是千古名句，它和《召南·何彼襛矣》的"何彼襛矣，华如桃李"两句，都以桃李之花比兴新人之美，后来形成一个成语"夭桃襛李"，又作"夭桃秾李",是赞颂新人年少俊美之辞。"桃之夭夭"本来是形容桃花盛开时的美丽,比喻待嫁姑娘的容貌可爱。有意思的是,这个词语后来演化出另一个成语"逃之夭夭"。因为"桃"与"逃"同音相谐,后人将"桃"改为"逃",形容人溜走或逃跑,反倒成了贬义词。

思考讨论

你还知道哪些以鲜花喻女子的名作?找来读一读。

周南·兔罝

肃肃兔罝[1],椓之丁丁[2]。
赳赳武夫[3],公侯干城[4]。

肃肃兔罝,施于中逵[5]。
赳赳武夫,公侯好仇[6]。

肃肃兔罝,施于中林[7]。
赳赳武夫,公侯腹心[8]。

注释

[1]肃肃:密密整齐的样子。兔罝(jū):兔网。罝:捕兽的网。
[2]椓(zhuó):打击。丁(zhēng)丁:伐木声,这里指布网捕兽时在地上打桩之声。　　[3]赳赳:威武有力的样子。武夫:武士。
[4]公侯:周代的爵位。干城:垣城,城墙,比喻捍卫。干:盾。
[5]施(yì):施加,这里指张网。中逵(kuí):即"逵中"。逵:四通八达的岔路口。　　[6]好仇(qiú):好助手。　　[7]中林:林中。
[8]腹心:心腹,能尽忠的亲信。

译文

密密结起大兔网,布网打桩声声碎。
武士英姿雄赳赳,公侯卫国好屏障。

密密结起大兔网,把它张在岔路上。
武士英姿雄赳赳,公侯助手好搭档。

密密结起大兔网,把它张在林中央。
武士英姿雄赳赳,公侯心腹好智囊。

赏析

《兔罝》是一首描写武士捕猎的狩猎诗,也是一首赞美武士雄壮英勇的诗歌。全诗共三章,每章四句。第一章写武士打桩布网,希望成为保卫公侯的屏障;第二章写武士布网于通往各处的路口,希望成为公侯的助手;第三章写武士布网于野兽经常出没的林中,希望成为公侯的亲信。武士由"干城"而"好仇",由"好仇"而"腹心",反映了当时武士阶层怀才待贾的心理,希望有贤明君主的出现,将重德尊贤作为治国之本。

每章的前两句写英姿威武的武士打桩、布网,准备捕猎。"丁丁"是打网桩的声音,听来洪亮有力,似乎让人看到了武士振臂挥锤、孔武有力的身影。"施于中逵"和"施于中林"两句交代打猎的地点,似乎让人看到了密布于丛林之中的无数兽网,体现了猎人的机智、严密。每章的后两句话锋一转,热烈赞美"赳赳武夫",说他们是公侯的"干城""好仇""腹心",至于狩猎的场景则一句不写,让读者自己去想象,充分体现了诗歌语言的跳跃性。

为什么前后两句的跳跃性如此之大?可从原始的狩猎文化中探究一二。上古时代,狩猎本是练习行军布阵、指挥作战的武事之一,练兵活动常与打猎活动结合在一起进行,以狩猎的威仪展示国力,能起到威慑诸侯的目的。据《周礼·大司马》记载,每年的中春、中夏、中秋、中冬四个时节,都要进行"教振旅""教茇舍""教治兵""教大阅"等活动,这些是将狩猎活动和野外驻营、军事训练、战场演练、检阅军队等军事活动紧密结合在一起的综合行动。平日里搏虎驱豹的猎人,战场上是保家卫国的武士。两者合二为一,猎场和沙场的时空大转换也就顺理成章。

本诗的内容涉及上古时代的狩猎文化。周代社会已由原始的渔猎时期向农耕文明发展,但是渔猎依然是先民们获取生活物资的重要途径,动物的肉及皮毛对他们来说弥足珍贵。本诗从某个角度生动记录了《诗经》时代的狩猎活动。从捕猎方式看,采用的是"网罟捕猎"。网罟不仅可以捕鱼,而且可以捕获鸟兽,有渔网、兽网、鸟网之分。本诗中的猎人用的是"兔罝",即兔网,属于兽网的一种。"兔"字在这里有一个训诂问题,理解为兔子自然可通,也有人训"兔"为"菟"。闻一多《诗经通义》言:"《释文》本作菟,云'又作兔',案古本《毛诗》疑当作菟。菟即於菟,为虎也。"这样说,"兔罝"就成了虎网。无论是兔还是虎,都是捕猎的对象。捕捉猎物,或体现武士的矫健身手,或反映武士的勇猛精神,所以他们个个意气昂扬,成为公侯的护卫和好帮手。当时除了"网罟捕猎"外,还有"田车围猎"和"弓矢猎杀"等捕猎方式。例如,《小雅·吉日》和《小雅·车攻》中的"田车既好,四牡孔阜""不失其驰,舍矢如破"等诗句,都提到了驾车围猎的热闹场面;而《郑风·女曰鸡鸣》中的"将翱将翔,弋凫与雁"与《大雅·桑柔》中的"如彼飞虫,时亦弋获",讲的就是用弓矢猎杀鸟类的事情。

最后谈谈出自本诗的"赳赳武夫"这个成语。"赳赳"是勇武矫健的样子,"武夫"指武人,从军之人;"赳赳武夫"是指勇武矫健的军人,也比喻勇武果敢之人。后世在使用过程中,词语的感情色彩逐渐由褒义转为贬义,意指身强体壮而头脑简单的军士。这与本诗中对武士的赞美口吻就相去甚远了。这可以看作词语在使用过程中语义发生变化的一个例证。

思考讨论

本诗每章的前两句写准备捕猎,后两句赞美武士。这两者之间有何关系?

周南·芣苢

采采芣苢[1],薄言采之[2]。
采采芣苢,薄言有之[3]。

采采芣苢,薄言掇之[4]。
采采芣苢,薄言捋之[5]。

采采芣苢,薄言袺之[6]。
采采芣苢,薄言襭之[7]。

注释

[1]芣苢(fú yǐ):植物名,即车前草,多年生草本植物,叶自根际丛生,广椭圆形。开淡紫色小花,结果。诗称捋之,当指捋果实。叶可供食用,实可供药用。　[2]薄、言:都是语助词。[3]有(yǐ):采取,采摘。　[4]掇(duō):拾取。　[5]捋(luō):成把地从茎上撸取。　[6]袺(jié)之:指把芣苢装进衣襟里。袺:手持衣襟来盛东西。　[7]襭(xié):将衣襟掖在带间来盛东西,比手持衣角兜得更多。

译文

车前草呦采呀采,快快把它采些来。
车前草呦采呀采,快快把它采起来。

车前草呦采呀采,一颗一颗拾起来。
车前草呦采呀采,一把一把撸下来。

车前草呦采呀采,手提衣襟装起来。
车前草呦采呀采,掖起衣襟兜回来。

赏析

《芣苢》是一首描写上古妇女集体采集车前草时所唱的劳动民歌。全诗共三章,每章四句。第一章写开始采摘,第二章写采摘的方式,第三章写满载而归。全诗十二句,只变动了"采""有""掇""捋""袺""襭"六个动词,不加修饰,纯用白描手法,就描绘出一幅欢快动人的劳动场景。平淡中见出深长意味,宁静里蕴含勃勃生机。三章叠咏,反复吟唱,不但完整地呈现了整个采摘芣苢的过程,而且通过不断重复的韵律,表现出生动活泼的气氛,似乎有一种合唱或轮唱的味道。清人方玉润在《诗经原始》中说:"读者试平心静气,涵咏此诗。恍听田家妇女,三三五五,于平原绣野,风和日丽中,群歌互答,余音袅袅,若远若近;忽断忽续,不知其情之何以移,而神之何以旷,则此诗不必细绎而自得其妙焉。"应该说,这种感悟是非常准确的。

采集是人类社会早期非常重要的一种生产方式,植物的根、茎、果、叶都是人们重要的食物来源。这在先秦典籍中有所记载,如《礼记·礼运》中言:"昔者先王未有宫室……食草木之实,鸟兽之肉……"又如《淮南子·修务》中说:"古者民茹草饮水,采树木之实,食蠃(luǒ)蚌(máng)之肉,时多疾病毒伤之害。"到了《诗经》时代,虽然人类进入了农耕文明,种植业和畜牧业有了长足的发展和进步,但是,物质生产还远远不能满足人们生存的需要,采集劳动仍然是与农耕生产并存的一种生产方式。男人打猎、捕鱼、耕种,女人织布、上山采集野菜花果,这是当时基本的社会分工。

从《芣苢》的描写中,还能看出上古先民采集劳动的一些文化信息。

首先,从采集方式看,一般有个人采集和集体采集两类。《芣苢》中女子的采集属于哪一类呢?对于诗中"采""有""掇""捋""袺""襭"六个动词,《毛诗正义》孔颖达疏:"六者本各见其一,因相首尾,以承其次耳。掇、捋事殊,袺、襭用别,明非一人而为此六事而已。"也就是说,采集芣苢的应该有数人,而非一人,属于集体采集。又如,《魏风·十亩之间》也是一首描写集体采集的诗歌。"十亩之外兮,桑者泄泄兮"是说一群群采桑姑娘完成一天的工作后,悠然自得地以美妙的歌声招呼同伴,相约还家。而《周南·卷耳》写的是个人采集,"采采卷耳,不盈顷筐。嗟我怀人,寘彼周行"是写女子无心采卷耳,所采甚少,因为她沉浸在对亲人的眷恋思念之情中,应该说这是个人采集时才有的行为。

其次,从采集的物品看,先民的采集品是非常丰富的,种类繁多。野菜是最常见的采集品,有卷耳、蕨、薇、苕、菲、荼、苢、苦、荠、葵、芹、堇等。人们在长期的采集实践中,逐渐掌握了部分植物的生长习性。例如,在水边可采到荇菜、蕨、藻、莫、荚、芹、茆等;去山间可采到蕨、薇、葍、蓷、苓、苔、莱等。此外,人们还采集郁、薁、枣、杕杜、桑葚、栗子、苌楚等树木的果实。本诗中女子采集的"芣苢",又叫车前草,高20厘米至60厘米,全体光滑或稍有短毛,根茎短而肥厚,多数有须根,是一种长于山间田野的多年生草本植物,全草与种子都可以入药。闻一多先生对"芣苢"进行了文字学的考证,得出了"芣苢"即"薏苡"的结论。他认为,诗中妇女成群结队去采摘芣苢,主要是为了祈求子嗣,这可备一说。

最后,从采集物品的用途看,有食用、养蚕、纺织、祭祀、医药、制衣等,甚至通过它们来传情达意。例如,用于养蚕纺织的主要有桑、蘩、葛等,采摘只是其中的一个步骤;用于祭祀的有萧、薇、蕰、蕨、蘩、藻、韭、芹等;用于治病的有卷耳、艾、桃(桃仁)、李(郁李仁)、唐(菟丝子)、谖草(萱草)、蓷(益母草)、芄兰、萧、杞、苕、枣、棘、苓、芩等;茅草可以用来包裹猎物,蓝、绿可以用来做颜料和染料,桃李、木瓜等瓜果菜蔬可以用来赠物达情。

《诗经》中与采集相关的诗篇除了《芣苢》外,还有《卷耳》《采蘋》《采蘩》《谷风》《采葛》《七月》《采薇》《桑中》《采绿》《泮水》等篇。这些诗歌如同一幅幅鲜活灵动的画面,栩栩如生地展现了上古时期的采集劳动场景。先民们在劳动实践中,获得了丰富的生产和生活知识。而这些采集诗,也成为我们打开上古先民心灵之门的一把钥匙。

思考讨论

同样是描写女子采集的诗歌,《芣苢》和《卷耳》在思想内容和表现手法上有什么不同?

周南·汉广

南有乔木[1],不可休息[2]。
汉有游女[3],不可求思[4]。
汉之广矣[5],不可泳思!
江之永矣[6],不可方思[7]!

翘翘错薪[8],言刈其楚[9]。
之子于归[10],言秣其马[11]。
汉之广矣,不可泳思!
江之永矣,不可方思!

翘翘错薪,言刈其蒌[12]。
之子于归,言秣其驹[13]。
汉之广矣,不可泳思!
江之永矣,不可方思!

注释

[1]乔木:高耸的树木。　　[2]休:休息。息:《毛诗》为"息",《韩诗》作"思",语尾助词,无实义,下同。　　[3]汉:汉水。游女:潜行水中的女子,一说指汉水的女神。游:潜行水中。[4]求:追求。　　[5]广:宽阔。　　[6]江:长江。永:长,指水流长。　　[7]方:同"舫",即筏子。这里作动词,指乘筏渡水。[8]翘(qiáo)翘:如鸟尾上长羽的高起。错薪:杂乱的柴草。[9]刈(yì):割。楚:植物名,又名荆,俗名荆条。　　[10]之子:那个人,指游女。　　[11]秣(mò):喂马。　　[12]蒌(lóu):草名,即蒌蒿。叶嫩时可食,老则为薪。　　[13]驹:少壮的骏马。

译文

南方乔木高又长,不可歇息少阴凉。
汉水有位漫游女,想去追求没希望。
汉水滔滔宽又广,难以渡水空惆怅!
浩浩长江长又长,乘筏渡江难来往!

杂树丛生长得高,砍树要砍荆树条。
那个姑娘如嫁我,我定把马喂喂饱。
汉水滔滔宽又广,难以渡水空惆怅!
浩浩长江长又长,乘筏渡江难来往!

杂树丛生长得高,割下柴草是蒌蒿。
那个姑娘如嫁我,我把马驹喂喂饱。
汉水滔滔宽又广,难以渡水空惆怅!
浩浩长江长又长,乘筏渡江难来往!

赏析

《汉广》是一首描写男子单相思的恋情诗。男主人公是位青年樵夫,在伐木刈薪的劳动过程中,高大的乔木和浩渺的江水引动了他的情思,他钟情于美丽的汉水游女,却始终心愿难遂,心中无限惆怅,就唱出了这首回肠荡气的恋歌。

全诗共三章,每章八句。首章一连用了四个比喻:以乔木之高大参天比喻汉水游女在自己心目中是高不可攀、追求不到的;以游女之飘忽幻丽比喻自己徒有爱慕之心,却可望而不可即;以汉水的宽阔和长江的绵长,言渡越之艰难,比喻男子对女子的追求,爱情难以实现。四个比喻构成一组气势如潮的博喻,表现了男子倾慕之深、渴望之切和失望之极。他苦苦追恋,难以成功,却心有不甘。于是第二、三两章由现实境界转入幻想境界,描绘了男子痴情的幻想,愿当姑娘的仆人,替她"刈楚""刈蒌""秣马""秣驹",以此表达自己的倾慕之情,希望有朝一日游女能与他成婚。但幻境毕竟是幻境,所以短短一首小诗,竟一连用了八个"不可",在一片接连不断的"不可"声中,传达主人公在希望与失望、幻想与幻灭之间徘徊而又复杂的情感经历。

本诗中的"游女"历来有不同的注释。《毛传》以"潜行为泳"释"游","游女"就是潜行水中的女子。而韩、鲁两家释"游女"为汉水的女神。于是衍生出郑交甫遇神女的故事："郑交甫遵彼汉皋，台下遇二女，与言曰：'愿请子之佩。'二女与交甫，交甫受而怀之，超然而去。十步循探之，即亡矣。回顾二女，亦即亡矣。"后来"汉皋解佩"成为男女爱慕赠答的典故。闻一多《诗经新义》从之，以游女为汉水之神。也即郑交甫所遇汉皋二女："游女既为水神，则游之义当为浮行水上，如《洛神赋》云'凌波微步，罗袜生尘'之类。"只是如此一来，便完全成为神话，与《汉广》相去甚远了。不过，就诗的内容而言，游女虽不是神女，但如同神女一样行踪神秘，如同神女一样可望而不可即，倒是事实。

《诗经》中，与《汉广》一样描写"倾慕之情"的佳作，当数《蒹葭》。两相比较，前者写实，后者空灵。《蒹葭》没有具体的事情，连主人公是男是女都难以确指，整篇渲染的是一种追求向往而渺茫难即的意绪。而《汉广》则有具体的人物——樵夫与游女，有男子情感的波澜轨迹，还有自然景物的具体描写。"汉有游女，不可求思"是本诗的中心，重叠三唱"汉之广矣，不可泳思；江之永矣，不可方思"，使人感到要得到这位姑娘比登天还难，相思男子的绵绵叹息之声恍如萦绕耳旁，听之令人扼腕感慨。这种一唱三叹、千回万转的艺术效果令人印象深刻。《古诗十九首》"盈盈一水间，脉脉不得语"的构思和手法，即脱胎于此。

思考讨论

本诗中的四个比喻，对于男子表达相思之情有何作用？

周南·汝坟

遵彼汝坟[1]，伐其条枚[2]。
未见君子[3]，惄如调饥[4]。

遵彼汝坟，伐其条肄[5]。
既见君子，不我遐弃[6]。

鲂鱼赪尾[7]，王室如燬[8]。
虽则如燬，父母孔迩[9]。

注释

[1]遵：沿着。汝：汝水。坟：高高的堤岸。　　[2]条：树枝。枚：树干。　　[3]君子：这里指妇女对丈夫的尊称。　　[4]惄(nì)：忧愁。调(zhōu)饥：早上饥饿。调：同"朝"，早上。　　[5]条肄(yì)：砍伐后新生的小枝条。　　[6]不我遐(xiá)弃：倒文句，即"不遐弃我"。遐弃：疏远遗弃。遐：远。　　[7]鲂(fáng)鱼：鳊鱼，俗称"火烧鳊"。赪(chēng)：红。　　[8]王室如燬(huǐ)：言王政暴虐。燬：烈火。　　[9]孔：很，甚。迩(ěr)：近，这里指迫近饥寒之境。

译文

走在汝水堤岸上,大小枝条砍个光。
还没见到我夫君,忧如早饥缺口粮。

走在汝水堤岸上,新生枝条砍个光。
终于见到我夫君,请莫将我弃一旁。

鲂鱼疲劳累红尾,官家差遣像火烧。
即使差役像火烧,父母饥困不能抛。

赏析

《汝坟》是一首以妇女口吻描写战乱中夫妻重逢的诗。全诗共三章,每章四句,在一定程度上反映了当时的离乱现实,侧面表达了人民对王室暴政的愤恨。

第一章写妻子在汝水堤岸上砍柴时的心理活动。丈夫在外服役,妻子日夜思念。她遥望远方,却根本不可能见到丈夫的踪影。诗中"惄如调饥"是一个颇为耐人寻味的比喻。"惄"是忧愁、忧思的意思。"调"同"朝",早上的意思。"调饥"指早上饥饿。古人的饮食习惯与现在不同,一日两餐,第一顿饭叫"朝食",第二顿饭叫"饔"。"朝食"一般在上午九点钟左右吃。所以一般的习惯是起床后先要劳作,然后再吃第一顿饭,这时已是饥肠辘辘了。"调饥"在这里是说像早晨饥饿时思食一样。其实,这是字面上的意思,除此之外,"调饥"还有另一层意思。钱锺书在《管锥编》中说:"按以饮食喻男女,以甘喻匹,犹巴尔扎克谓爱情与饥饿类似也……小说中常云'秀色可餐','恨不能一口水吞了他',均此意也。"他把"惄如调饥"和"秀色可餐"看作用意相同的两种比喻。无独有偶,闻一多认为"惄如调饥"的"饥"是古时的一种隐语,指的是男欢女爱。他在《诗经通义》中说:"要之,'调饥'谓性欲之饥,'甩饱'谓性欲之饱,'朝食'谓性欲之食。"从诗的内容看,妻子长期"未见君子",常年独守空房,孤苦无依,心境彷徨,内心的渴望如同早上的饥饿那样强烈。无论是思忧还是思欲,都在情理之中。

第二章写丈夫归来后,妻子久别重逢的欣喜。"条肄"是一种起兴,是继第一章的"条枚",借喻时间的变化。原来被砍过的枝条又重生了,就像夫妻的离而复合。"不我遐弃"不是说庆幸丈夫没有外遇,将其遗弃,而是指丈夫还没有因战祸而远离我,实际是说夫妻终于能团圆之意。这种化悲为喜的情感,是对"既见君子"的照应和补充。

第三章写虽然身居乱世而家人能够团聚的欣慰之情。"鲂鱼赪尾"一词的含义比较丰富。闻一多先生认为具有性的含义,是一种隐语。张建军在《诗经与周文化考论》中认为它"还具有作为季节符号的物候历法意义,因为鱼尾发红是鱼类产卵发情的标志,我国古代大部分地区包括周南之地,鱼的产卵、发情期是在秋季,正是当时民俗中嫁娶之期,所以这里的'鲂鱼赪尾'既具有性的暗示,又有物候历法的意义"。"鲂鱼赪尾"现在已经成了一个固定的熟语,形容人困苦劳累、负担过重,就像鲂鱼尾巴累红了一样。鲂鱼的尾巴原来是白色的,累了就会变红。从本诗的内容看,用这个词语是一种比兴手法,鲂鱼劳则尾赤,形容服役者因

"王室如燬"而劳累,表达了对暴虐王政的不满和对家人团聚的渴望。高亨在《诗经今注》中说:"西周末年,周幽王无道,犬戎入寇,攻破镐京。周南地区一个在王朝做小官的人逃难回到家中,他的妻很喜欢,作此诗安慰他。"应该说,这是对本诗主旨的恰切解析。

思考讨论

找出本诗中运用比兴手法的句子,读一读,体会它的含义。

召南·鹊巢

维鹊有巢[1],维鸠居之[2]。
之子于归,百两御之[3]。

维鹊有巢,维鸠方之[4]。
之子于归,百两将之[5]。

维鹊有巢,维鸠盈之[6]。
之子于归,百两成之[7]。

注释

[1]鹊有巢:比喻供女子居住而布置的家室。鹊:喜鹊。

荷塘聚禽图　无款　明代

[2]鸠:鸤鸠(shī jiū),有两说,一曰杜鹃,也叫布谷鸟;一曰八哥。这两种鸟的共同特点是自己不筑巢,占据鹊巢而居之。当以"杜鹃"说为善。　　[3]百:虚数,指数量多。两:同"辆",一辆车。御(yà):同"迓",迎接。　　[4]方:占有。　　[5]将:送走。
[6]盈:满,古时诸侯嫁女,有陪嫁的媵女,以侄娣陪嫁,所以诸侯一娶九女。这里指陪嫁的人很多。　　[7]成:这里指结婚礼成。

译文

喜鹊树上把窝搭,鸤鸠却来住它家。
这位姑娘要出嫁,百辆车来迎接她。

喜鹊树上把窝搭,鸤鸠却来占有它。
这位姑娘要出嫁,百辆车来护送她。

喜鹊树上把窝搭,鸤鸠却来住满它。
这位姑娘要出嫁,百辆车来礼成她。

赏析

《鹊巢》是《召南》的第一篇,也是一首祝贺婚礼的颂婚诗,描写了迎送女子出嫁时的热闹场面,真实地传达出新婚喜庆的热闹气氛。

全诗共三章,每章四句,均以鸠居鹊巢起兴。鸤鸠不会做窠,常强占喜鹊的窝,这是二鸟的本性。诗人看见鸠居鹊巢,联想到女子出嫁,住进男家,就拿来比兴。"鹊巢鸠占"是为人熟知的成语,本指女子出嫁,定居于夫家,后比喻强占别人的住处,成了贬义词,这与出典已经完全不同了。

古人结婚要具备"六礼":纳采、问名、纳吉、纳征、请期、亲迎。"六礼"之中最热闹的当为亲迎,即男子驱马乘车到女家门外亲迎新娘,犹现今的大婚之日,新郎开着婚车去女方家里迎接新娘。在众多婚俗之礼中,亲迎可以说是最烦琐的成婚典礼。亲迎于礼不缺,也被看作夫妻关系完全确立的基本依据。在上古时期还有一种习俗:凡未亲迎而夫死,女子可以改嫁,然而一举行亲迎而夫死,按礼俗女子就务必"从一而终"了。所以一直到今天依然重视亲迎之礼。本诗描写的就是"亲迎"的场面。

第一章写新郎来迎亲。"百两御之"是写迎亲车辆之多,看来这位新郎非常富有。车队在路上一字儿排开,不要说在古代,即便在今日也是少有的。可见其场面是何等的风光。《毛诗序》说:"《鹊巢》,夫人之德也。国君积行累功以致爵位,夫人起家而居有之,德如鳲鸠乃可以配焉。"认为此诗是写国君之婚礼。朱熹在《诗集传》中说:"南国诸侯被文王之化,能正心修身,以齐其家,其女子亦被后妃之化,而有专静纯一之德,故嫁于诸侯,而其家人美之,曰维鹊有巢,则鸠来居之。"认为此诗写的是诸侯之婚礼。婚礼的排场如此盛大,说明新郎肯定不是普通平民,而是贵族。这个婚礼也不是一般的民间婚礼,而是贵族的婚礼。

第二章写新郎接到了新娘,正在返回的路上。"百两将之"的"将"是迎送、送走的意思,说明男子已经接亲,正在回家路上。我们可以想象,数不清的婚车在路上徐徐前进,迎亲之乐吹吹打打,丝竹之声悠悠传来,是何等喜庆热闹啊!

第三章写男子将新娘迎回家而成婚了。"百两成之"的"成"指结婚礼成。说明新娘已经到了新郎家中,二人正在行拜堂成亲之礼。虽然诗中没有铺叙当时的婚庆场面,但从一个"盈"字便可看出屋内人头攒动的情形。古代诸侯娶妻,有很多陪嫁的媵妾,新娘和这些媵妾把房间都住满了。

本诗三章选取了古人结婚典礼的三个典型场面,用"御""将""成"三字概括了成婚的整个过程。用"居""方""盈"三字,颇有层次地表现新娘出嫁住进男家的过程。这种程序是后世婚娶典礼的雏形,直到现在还是结婚大礼的基本流程。

思考讨论

你能根据本诗的描写,想象一下上古时代人们结婚的场景吗?

召南·行露

厌浥行露[1],岂不夙夜[2]?
谓行多露[3]。

谁谓雀无角[4]?何以穿我屋?
谁谓女无家[5]?何以速我狱[6]?
虽速我狱,室家不足[7]!

谁谓鼠无牙？何以穿我墉[8]？
谁谓女无家？何以速我讼[9]？
虽速我讼,亦不女从[10]！

注释

[1]厌(yè)浥(yì):露水潮湿的样子。行(háng):道路。 [2]岂不:难道不想。夙(sù)夜:早夜,即夜未尽天未明的时候,这里有早起的意思。 [3]谓:同"畏",害怕。 [4]谁谓:谁说。角:鸟嘴。 [5]女(rǔ):通"汝"。家:夫家。 [6]速我狱:使我吃官司。速:招致。 [7]室家不足:要求成婚的理由不够充足。 [8]墉(yōng):墙。 [9]讼:打官司。[10]女从:即"从汝",嫁你。

译文

道上露水湿漉漉,难道凌晨不赶路？
实怕道上沾满露。

谁说雀儿没有嘴？凭啥啄穿我屋堂？
谁说你家没婆娘？凭啥逼我进牢房？
即使逼我进牢房,逼婚理由太荒唐！

谁说老鼠没有牙？怎么打洞穿我墙？
谁说你家没婆娘？凭啥逼我上公堂？
即使逼我上公堂,也不嫁你黑心狼！

赏析

《行露》是一首描写女子拒婚的叙事诗。女子为何拒婚？古今学者的解释五花八门，莫衷一是。古人的说法有：《毛诗序》理解为强暴之男不能侵陵贞女；《韩诗外传》认为是女子因夫家婚姻手续不完备而拒婚，引起诉讼；明朝朱谋《诗故》以为是寡妇执节不贰之词；清代方玉润《诗经原始》则以为是贫士却婚以远嫌之作。今人余冠英、高亨、程俊英、陈子展也有多种说法：其一，一个强横的男子硬要聘娶一个已有夫家的女子；其二，一个妇人因丈夫家境贫寒而回娘家，丈夫控告她引起诉讼；其三，一个已有妻室的强暴男子，以打官司要挟她成婚；其四，女子拒绝与一已有家室的男子重婚而作。究竟是何原因，实际无从考证，深究无益。但有一点是肯定的，那就是面对男子的霸凌，女子执意不从，其大胆的反抗精神和坚定的自我意识是十分清楚的。

全诗共三章。首章只有三句，这在《诗经》中是比较少见的。开篇就说自己很想起早赶路，但望着道上湿漉漉的露水，又怕衣服被露水打湿。这种起兴是一种暗示，恰如其分地表现了女子在处于不利局面时焦灼不安的复杂心境，一开始就营造了一种极为抑郁的艺术气氛。

第二、三章采用复沓的形式，写男子步步逼紧，女子决不屈从。于是男方恶人先告状，企图借助官府的力量迫其就范。而女子被无理的逼婚激怒了，在短短的几句话里，像连珠炮似的，一连四次用了"谁谓……何以……"的句式加以质问和反诘，可谓义正辞严，针锋相对。这两章还巧妙地运用了比喻，以麻雀有嘴啄穿屋子和老鼠有牙咬穿屋墙，比喻男子有口告状的害人行为。这个比喻后来演变成一个成语"鼠牙雀角",原指因为强暴者的欺凌而引起争讼,后来比喻打官司的事情。"鼠"和"雀"比喻强暴者,在本诗中无疑指那个强暴蛮横的逼婚男子。

全诗以第一人称入笔,语言优美、准确,成功刻画了一个具有反抗精神的刚烈女子形象。上古时代这样的作品,无疑是一篇中国妇女惊世骇俗的女权宣言书。

思考讨论

读完此诗,你的脑海中浮现出一位怎样的女子形象?她的身上具有一种什么精神?

召南·驺虞

彼茁者葭[1],壹发五豝[2],
于嗟乎驺虞[3]!

彼茁者蓬[4],壹发五豵[5],
于嗟乎驺虞!

注释

[1]茁(zhuó):草初生出来壮盛的样子。葭(jiā):芦苇。

[2]壹:发语词,无实义。发:射箭,指发箭射中。五:虚数,表示多。豝(bā):母猪。　　[3]于嗟(xū jiē)乎:赞美的感叹词。于:同"吁"。驺虞(zōu yú):当时掌马兽的官,这里指猎手。[4]蓬(péng):草名,即蓬蒿。　　[5]豵(zōng):小猪。

译文

芦苇长得密麻麻,发箭射中野母猪,
嘿!好厉害的猎人呀!

蓬蒿长得密麻麻,发箭射中小野猪,
嘿!好厉害的猎人呀!

赏析

这是一首称赞猎人本领高强的田猎诗。全诗共两章,每章三句,仅二十六个字,比一首七言绝句还短,但其蕴含的信息还是很丰富的。

本诗的主旨历来有争议。主要有春日田猎、驱除害兽说,举行一种仪式之诗,狩猎仪式咒语说,赞颂猎人说和表面赞扬猎人、实际是对猎人的讽刺说。还有人认为该诗是贵族强迫奴隶中的儿童给他牧猪,并派小官监视牧童的劳动,牧童唱出这首歌。主要分歧源于对"驺虞"一词的理解,即"驺虞"是官名还是所谓"义兽"。从诗的内容看,"驺虞"作官名解更为通顺。《周礼·天官冢宰》记载:"兽人,掌罟田兽,辨其名物。冬献狼,夏献麋,春秋献兽物。时田,则守罟。及弊田,令禽注于虞中。凡祭祀、丧纪、宾客,共其死兽、生兽。凡兽入于腊人,皮毛筋角入于玉府。凡田兽者,掌其政令。"意思是说"兽人"是执掌田猎野兽方面政令的官吏,要按季节田猎献兽。这里的"兽人"就是驺虞,他们也是经验丰富的猎人。

驺虞本是为统治阶级管理苑囿的官员,官虽不大,但是有丰富的打猎经验和高超的射箭本领。他了解野猪的出没地点、藏身之处——郁郁葱葱、茁壮成长的"葭"和"蓬"之中;他的射猎技能特别出众——能"壹发五豝""壹发五豵",难怪观众会发出"于嗟乎"的惊叹之声。这当然是夸张之辞,无非是赞誉其高超的射猎技术。诗人选取了行猎过程中的两个场景,简笔淡墨,栩栩如生地勾勒出猎人弯弓搭箭、射中猎物的生动画面。这种田猎之举是一种固定的仪式,目的是驱兽除害,捕杀危害庄稼的野猪等兽类,以保证农业生产。因此,捕杀害兽的驺虞自然而然成为人们赞誉的对象。

思考讨论

同样是狩猎诗,《兔罝》和《驺虞》在表现手法上各有什么特点?

邶风·绿衣

绿兮衣兮[1]，绿衣黄里[2]。
心之忧矣，曷维其已[3]！

绿兮衣兮，绿衣黄裳[4]。
心之忧矣，曷维其亡[5]！

绿兮丝兮，女所治兮[6]。
我思古人[7]，俾无訧兮[8]。

絺兮绤兮，凄其以风[9]。
我思古人，实获我心[10]。

注释

[1]衣：上衣。　[2]里：衣服的衬里。　[3]曷(hé)：何。已：停止。　[4]裳：下衣，形状像现在的裙子。　[5]亡(wàng)：通"忘"，忘记。　[6]治：整理纺织。　[7]古(gù)人：故人，这里指故妻。古：通"故"。　[8]俾(bǐ)：使。訧(yóu)：同"尤"，过错。　[9]凄其：即"凄凄"。凄：凉爽。以(sì)：通"似"，像。　[10]获：得。

译文

绿色衣啊绿外衣,绿色外衣黄夹里。
见到此衣心忧伤,不知何时是止期!

绿色衣啊绿外衣,绿色上衣黄下裳。
穿上衣裳心忧伤,不论何时都难忘!

绿色丝啊绿色丝,丝丝是你亲手织。
想起亡故我贤妻,使我平日少过失。

细葛衣啊粗葛衣,穿在身上有凉意。
想起亡故我贤妻,样样都中我心意。

赏析

　　《绿衣》是一首感人至深的悼亡诗,描写了丈夫对亡妻诚挚深切的思念之情。睹物思人是人之常情,自古以来从这一角度创作的悼亡诗有很多,而《绿衣》是此类写法的开创之篇,被誉为"悼亡诗之祖"。

　　全诗共四章,每章四句。第一章写丈夫拿起衣服反复翻看,不禁忧从心起、悲从中来。"绿衣黄里"是亡妻亲手缝制,衣裳还在,而物是人非,缝制衣裳的妻子已不知何处去。第二章写丈夫继续翻看妻子的"绿衣黄裳",心中的忧思永远难忘。亲人亡故,看到死者生前的衣物或用具,必定会唤起对生者的追思而重新陷入悲痛之中。绿是永恒的象征,丈夫翻看"绿衣"是永久思念的表露。第三章写丈夫情深难抑,继续仔细翻看绿丝上的一丝一线,"丝"与"思"谐音,针针线线牵动着他的思念之心。第四章写天气转寒,而丈夫身上穿的依旧是夏天的粗细葛布衣。想当初自己的衣食全由妻子照料,样样满意,而现在孤零零一人,再也无法得到贤妻的关怀了。这是何等的凄凉!贺铸悼亡词《半死桐》中"空床卧听南窗雨,谁复挑灯夜补衣"两句,仿佛就是此时丈夫心境的准确注脚。

诗的前两章写妻子的遗物引发丈夫的哀思,苦思亡妻,不能忘怀。读这两章,仿佛使人看到,丈夫在烛光中拿出绿衣反复抚看,不忍释手,恍见亡妻的身影。这与苏轼《江城子·乙卯正月二十日夜记梦》中的"夜来幽梦忽还乡,小轩窗,正梳妆。相顾无言,惟有泪千行"有异曲同工之妙。后两章写亡妻的贤惠和丈夫的感激,点明了苦思亡妻的原委。而对亡妻的感激,更加深了丈夫对亡妻的思念之情,哀绝之情溢于言表,大有"此恨绵绵无绝期"的意味。这种感情发自内心深处,深沉含蓄,缠绵悱恻,令人为之动容。

诗人选取了"以少总多,情貌无遗(刘勰,《文心雕龙》)"的绿衣作为抒情的凭借物,产生了典型化的效果。钟嵘的《诗品序》中说:"气之动物,物之感人,故摇荡性情,形诸舞咏。"这种借物抒情的表现手法对后世的文学创作影响深远。晋代潘岳的《悼亡诗》中"望庐思其人,入室想所历。帏屏无仿佛,翰墨有余迹""寝息何时忘,沉忧日盈积""凛凛凉风升,始觉夏衾单;岂曰无重纩?谁与同岁寒"等句,皆由本诗裁化而出。而曹丕的《悼夭赋》、鲍照的《伤逝赋》、元稹的三首《遣悲怀》等悼亡名作皆受本诗的启迪。《绿衣》不愧开创了文学史上悼亡诗的先河。

第一章 风 | 055

> **思考讨论**
> 你还知道哪些有名的悼亡诗词？找来读一读。

邶风·击鼓

击鼓其镗[1]，踊跃用兵[2]。
土国城漕[3]，我独南行[4]。

从孙子仲[5]，平陈与宋[6]。
不我以归[7]，忧心有忡[8]。

爰居爰处[9]？爰丧其马[10]？
于以求之[11]？于林之下。

死生契阔[12]，与子成说[13]。
执子之手，与子偕老[14]。

于嗟阔兮[15]！不我活兮[16]！
于嗟洵兮[17]！不我信兮[18]！

注释

[1]镗(tāng):击鼓声。其镗:即"镗镗"。 [2]踊跃:双声联绵词,操练武术时的动作。兵:兵器。 [3]土国:在国都服役。城漕:在漕邑筑城。漕邑:今河南滑县东南。"土"和"城"在这里都作动词用,"土"是"服役"的意思,"城"是"筑城"的意思。 [4]南行(xíng):指出兵前往卫国之南的陈、宋两国。 [5]孙子仲(zhòng):当时卫国领兵南征的统帅。 [6]平:平定,调解。陈:陈国,今河南淮阳。宋:宋国,今河南商丘。 [7]不我以归:倒装句,即"不以我归",不让我回来。 [8]有忡(chōng):即"忡忡",心神不安的样子。 [9]爰(yuán):在何处。 [10]丧:丢失。 [11]于以:在何处。以:何。 [12]契:合。阔:离。"契阔"是偏义复词,偏用"契"义,指结合,不分离。 [13]子:你,指戍卒的妻子。成说:说定了,立下誓言。 [14]偕(xié):在一起。 [15]于嗟:感叹词。阔:两地相距遥远。 [16]活:读如"佸"(huó),聚会。 [17]洵(xún):久远,指离别已久。 [18]信:守约。

译文

战鼓擂得咚咚响,踊跃拿起刀和枪。
别人筑城在漕邑,我独从军到南方。

跟随统帅孙子仲,调停纠纷陈与宋。
却不让我一同归,驻守南方真苦痛。

住在哪儿歇何方?马匹丢失何处藏?
哪儿才能找到它?丛林深处大树旁。

生呀死呀不分离,与你誓言记心里。
紧紧握着你的手,白头到老在一起。

哎,你我天涯海角!不能相聚难回家!
哎,你我长离久别!誓言都将成空话!

赏析

《击鼓》描写士卒远戍,思归不得。全诗共五章,每章四句,是一首充满反战思想的诗歌。

第一章勾勒了一幅生动的备战图,渲染了战争爆发前的紧张气氛。战鼓咚咚擂响,民夫修筑城池,士兵日夜操练,而那个以第一人称口吻描写的士卒,则被迫远戍南方。"土国城漕,我独南行"是一种对比写法。在诗人眼中,国内服役虽然艰苦,但至少可以和亲人一起生活,而南下陈、宋,却将面临至亲分离之痛。通过对比,交代南征背景,表现人民对战争的怨恨之情。

第二章写思归,主要表现士卒有家难归的怨愤。平定陈、宋两国的战争一掠而过,重点抒发感情,"不我以归,忧心有忡"两句充分抒写了士卒久戍不归,长期守边,忧心忡忡。为后面对往昔生活的回忆埋下了伏笔。

第三章描写戍地征战的生活情况。"爱居爱处"写戍地之苦;"爱丧其马"写战马跑失,看似题外插曲,其实一语双关,大有深意:好马不受羁束,征人不愿久戍,诗人以马喻人,以马不受羁束暗喻征人不愿久役。这个细节描写,反映出当时军心涣散、斗志全无的局面。

第四章写士卒回忆在家时,与妻子手握着手,约定白头到老、永不分离的场面情景。"执子之手,与子偕老"是何等感人的誓言!这两句千古传唱,表达了人们对坚贞爱情和幸福婚姻的执著追求。

第五章写士卒的思绪又回到现实,感慨与妻子天各一方,当初立下白头到老的海誓山盟即将成为一句空话。连连"于嗟",声声忧叹,这种委屈怨愤的典型情绪,正是民众对非正义战争的强烈反抗。

诗的前三章叙述备战出征的情景,后两章抒写离别的痛苦。前后五章承接绵密,无论是叙事还是抒情,都情景逼真,委婉有致,如怨如慕,如泣如诉。陈子展在《诗经直解》中评价说:"诗人若具速写之技,概括而复突出其个人入伍、出征、思归、逃散之整个过程。简劲不懈,真实有力,至今读之,犹有实感。"实是中肯之言。

诗中写到了"平陈与宋"的战争,有人说是写鲁隐公四年卫国联合宋、陈、蔡伐郑的事,有人认为是指鲁宣公十二年宋伐陈,卫救陈而被晋所伐的事情。由于史书记载不详,究竟是指哪次战争,很难确指。方玉润在《诗经原始》中说得好:"此戍卒思归不得诗也,又何必沾沾据一时一事以实之哉?"虽然写的是戍卒个人的嗟怨想家,但反映的是春秋时期战争不断、生灵涂炭的战乱历史。周代初年,大小诸侯国原有一千八百国,到春秋时代只剩下三十几国了。诸侯之间大鱼吃小鱼,小鱼吃虾米,互相兼并、不断征伐的激烈程度可想而知。与此同时,周人还常常受到周边四夷的侵扰,抵抗外侮的卫国战争时有发生。无休止的战乱使得社会动荡,民怨甚深。方玉润深有感慨:"惟此边防远戍,永断归期,言念室家,能不怆怀?"总而言之,"平陈与宋"之类的非义战争给民众带来了巨大的痛苦,老百姓充满了厌战情绪和反战思想。

思考讨论

全诗五章各写了什么内容?找一找,诗中哪些句子充满了反战思想?

邶风·式微

式微式微[1],胡不归[2]?
微君之故[3],胡为乎中露[4]?

式微式微,胡不归?
微君之躬[5],胡为乎泥中[6]?

注释

[1]式:发语词,无实义。微:幽暗,指天黑。　[2]胡:为什么。　[3]微:非,不是。故:事。　[4]中露:露中。

[5]躬:身体。　　[6]泥中:泥水之中。

译文

天黑啦,天黑啦,为啥不回家?
不是君主差事苦,我哪会还要冒风露?

天黑啦,天黑啦,为啥不回家?
不为君主养贵体,我哪会陷于泥水中?

赏析

《式微》是社会底层的劳动者发出的怨恨之辞。全诗共两章八句三十二个字,寥寥数言,采用重章复沓的句式,描写劳役者在天黑后,仍在露水中、泥淖中辛苦劳作,终年累月,昼夜不辍,根本得不到休息,于是向统治者发出了沉痛的抗议呼声,表达了劳动人民对被压迫、被奴役处境的强烈憎恨。

本诗是邶地的民歌。邶地,在今河南汤阴境内,原属殷都朝歌。周武王灭殷之后,将朝歌一分为三,东为鄘,南为卫,北为邶。鄘、卫、邶都属卫地,"卫风"包含了"邶风"和"鄘风"。当时南有齐、晋争霸,北受狄人侵略,卫地(含邶地)战乱不断。陆侃如、冯沅君的《中国诗史》指出:"当前7世纪时,狄人异常猖獗。前662年,伐邢;前660年,入卫;前650年,灭温;前646年,侵郑;前642年,救齐;同年冬,又伐卫。卫首当其冲,受害最深;加以政治的不良,社会的不宁,故我们读《卫风》,老觉得有种悲观的空气笼罩着。"夷族的入侵加剧了社会矛盾,加之国君昏庸,赋税繁重,劳役无休,置人民于水深火热之中,读这首诗同样有"悲观的空气笼罩着"的感觉。这首诗正是当地百姓怨声载道、愤怒情绪的真实写照。

清人方玉润在《诗经原始》中眉评本篇说:"语浅意深,中藏无限义理,未许粗心人卤莽读过。"这是很有见地的评论。试看"式微式微,胡不归"短短两句,节奏铿锵有力,仿佛是伴随着劳动的号子声。表面看是说天快黑了,怎么还不回来,实际蕴含着贵族老爷的统治衰落不振,末日将临的潜台词。这既是底层劳役者从心底发出的怒吼,更是对统治者的诅咒。"式微"一词沿用至今,意思是事物由兴盛而衰落。这句语气急切的发问,并非有疑而问,而是故意设问,因为诗人心中早已有了答案。两句语气强烈的反问句:"微君之故,胡为乎中露?""微君之躬,胡为乎泥中?"如果不是你们这些"君主"的缘故,我们怎么会遭受这般苦难? 前有设问,后有反问,递进发问,一气呵成,增强了语言的表现力和艺术的感染力。

全诗句式长短错落,音韵和谐,语言淳朴、凝练、简洁。读来十分爽口,而个中意味又耐人寻味,不啻为一首艺术表现力极强的优秀民歌。

思考讨论

诗人是如何描写底层劳动者的非人处境的? 这首短诗在艺术上有什么特点?

邶风·静女

静女其姝[1],俟我于城隅[2]。
爱而不见[3],搔首踟蹰[4]。

静女其娈[5],贻我彤管[6]。
彤管有炜[7],说怿女美[8]。

自牧归荑[9],洵美且异[10]。
匪女之为美[11],美人之贻。

注释

[1]静女:文静的姑娘。姝(shū):美丽。　　[2]俟(sì):等待。城隅(yú):城上的角楼。　　[3]爱:通"薆",隐蔽。而:相当于"然",即"……的样子"。　　[4]踟蹰(chí chú):心神不定、犹豫徘徊的样子。　　[5]娈(luán):美好。　　[6]贻(yí):赠送。彤(tóng)管:红色的管状茅草。　　[7]炜(wěi):鲜明有光的样子。　　[8]说怿(yuè yì):喜爱。说:通"悦",与"怿"同义,都是喜悦、欢喜的意思。　　[9]牧:野外放牧的地方。归荑(kuì tí):赠送荑草。归:通"馈",赠送。荑:初生的柔嫩茅草。　　[10]洵(xún):实在。异:稀奇,出奇。　　[11]匪(fēi):通"非",不是。

译文

文静姑娘多美丽,等我城上角楼里。
躲躲藏藏不见面,害我徘徊抓头皮。

文静姑娘真漂亮,送我一把红管草。
红管草呀光灿灿,爱你丹心颜色好。

放牧采回嫩茅荑,真是美丽又稀奇。
不是草儿多美丽,美人相赠有情意。

赏析

《静女》是一首以男子口吻描写男女幽期密约的情诗。

全诗共三章,每章四句,描写了男女约会的全过程。第一章写男子如期赴约,到城角去相会,但是姑娘隐而不见,害得小伙子抓耳挠腮、焦躁不安。可谓女的羞羞答答、男的坐立不安。第二章写相会之时,小伙子收到恋人赠送的定情之物"彤管",心花怒放。第三章写小伙子还收到恋人赠送的另一个定情之物"荑草",大喜过望,只因是美人赠送才显得珍贵。整首诗构思十分精巧,人物形象刻画生动,充满愉快而又幽默的情趣,洋溢着浓郁的生活气息。

陆侃如、冯沅君在《中国诗史》中评价《静女》说:"刻画心理颇能入微。"是的,读这首诗要细心体会人物心理的变化过程。首章"爱而不见,搔首踟蹰"两句,用典型动作铺陈直叙。"搔首"是用手挠头,"踟蹰"是来回走动,两个细节动作,把人物焦躁不安的心理刻画得淋漓尽致。这里的"搔首踟蹰"又作"搔首踟躇",形容心情焦急、惶惑或犹豫,是出自《诗经》的一个有名的成语,沿用至今。接着写小伙子收到定情之物后的喜悦心情,"彤管有炜,说怿女美"一语双关,表面看似在夸红管草的美丽,实则是在夸自己的恋人漂亮。末章感情再次递进,说荑草"匪女之为美,美人之贻",有点类似人物的内心独白,表现出恋人之间独有的爱屋及乌的微妙心理,而约会之后的男子依然沉浸在幸福的余味之中。整个约会的过程描绘得逼真生动,人物的活动心理和情感变化也惟妙惟肖地表现出来。

上古时代的一对年轻恋人,在日暮黄昏时分于城角幽会,这感觉总有点像现代男女自由恋爱、约会的意味。其实,这种约会方式,与《诗经》时代的社会形态是密切相关的。宋代欧阳修在其《诗本义》中指出"此乃是述卫风俗男女淫奔之诗尔",卫俗"淫风大行,男女务以色相诱悦"。朱熹认为:"此淫奔期会之诗也。"应该说,他们两人在一定程度上突破了《毛诗序》的束缚,对诗中男女约会方式的理解,已经接近诗的本意,唯"淫奔"一词道学气太浓。据《周礼·地官·媒氏》记载:"媒氏掌万民之判……中春之月,令会男女。于是时也,奔者不禁。若无故而用令者,罚之。"可见,在阳春三月男女约会,是上古社会群婚制留下的习俗。越是原始的社会,人为的制约就越少。所有的规范都是人类在不断发展的过程中建立起来的。《诗经》时代对男女恋情的干涉远远不像唐宋以后那样粗暴残酷。西周乃至春秋时期,男女在规定的季节里均能自由交往、密约,这是当时选择伴侣的一种风俗。这就是这首诗有现代男女恋爱约会感觉的原因所在。

思考讨论

具体说说本诗是怎样刻画这对情人约会时微妙的心理活动的。

鄘风·柏舟

泛彼柏舟[1]，在彼中河[2]。
髧彼两髦[3]，实维我仪[4]，
之死矢靡它[5]。
母也天只[6]！不谅人只[7]！

泛彼柏舟，在彼河侧。
髧彼两髦，实维我特[8]，
之死矢靡慝[9]。
母也天只！不谅人只！

注释

[1]泛(fàn)：漂浮的样子。柏舟：柏木做的小船。　[2]中河：即河中。　[3]髧(dàn)：头发下垂的样子。两髦(máo)：男子未行冠礼前，头发齐眉，分向两边梳着。　[4]实：是。维：

柏舟　马和之　南宋

为。仪(é):"偶"的假借字,配偶。　　[5]之:到。矢:发誓。靡它:没有二心。靡:无。　　[6]也、只:都是语气词。　　[7]谅:体谅。　　[8]特:义同"仪",配偶。　　[9]慝(tè):音义同"忒",更改。

译文

柏木小船在飘荡,一飘飘到河中央。
垂发齐眉少年郎,是我追求好对象,
誓死不会变心肠。
叫声天呀叫声娘！为何对我不体谅！

柏木小船在飘荡，一飘飘到河岸旁。
垂发齐眉少年郎，是我追求好对象，
誓死不会变主张。
叫声天呀叫声娘！为何对我不体谅！

赏析

《柏舟》是一首反抗父母之命，争取婚姻自主的爱情诗。主人公是一位性格刚强、爱情专一、充满反抗精神的少女。她看中了一位小伙子，但是母亲不了解实情，要为她包办婚姻。少女痛苦万分，发出了"母也天只！不谅人只！"的呐喊之声，表达了对婚姻不自由的深切怨恨。

全诗共两章，每章七句。两章的开头都以流动漂浮的柏舟起兴。柏舟是用柏木削制而成的小船。柏树形态高洁挺拔，以此起兴隐喻女子品行纯洁、爱情坚贞。柏舟"在彼中河""在彼河侧"，飘来荡去，使主人公触景伤情，联想到婚姻不能做主，就像是那在河中央飘忽不定的柏舟。由此，她想到了自己的心上人。从"髧彼两髦"看，她看中的少年郎还不足二十岁。古代礼俗，男孩生下三个月后，剪发时须留下少量头发，在未成年前一直留着作为装饰，称为"髦"。"髧"是头发下垂的样子。"髧彼两髦"是指垂发齐眉，分向两边梳着，这是古代男子未行冠礼前的发型。一句发型描写，勾勒出少年郎纯洁可爱的形象。"实维我仪""实维我特"两句点出了少年郎是她的意中人，是她理想中的标准对象，是她选定的终身伴侣。可是，母亲却毫不察觉自己的心思，横加干涉，一场婚姻危机由此爆发。这种婚姻危机不要说在古代，就是在 21

世纪的今天也是司空见惯的。而姑娘呢,认定了他,非他不嫁,发誓要和母亲对抗到底。"之死矢靡它"和"之死矢靡慝"两句后来简缩成一个成语"之死靡它",意思是至死不变,在本诗中形容姑娘对爱情忠贞不贰。然而,要说服母亲是何等的艰难,在母女的对峙中,姑娘非常痛苦,烦恼不已,最后只能用"母也天只!不谅人只!"作结,发出呼天呼母的呼喊,在悲愤呼叫的回荡声中表达自己的满腔怨恨。两节叠章复唱,使情感抒发更加浓烈,深化了诗的主题。

此诗反映了《诗经》时代的一些婚姻特点:一方面在政令许可的范围内,原始婚俗在民间还有余波,男女择偶还有一定的自主权;另一方面,礼教也已开始普遍建立,并通过婚俗、舆论和道德规范干预人们的日常生活。拿本诗来说,诗中女子梦想的自由爱情,遭到了母亲的否定,受到了世俗礼教的阻挠。但是,她不屈服、不退缩,发出了掷地有声的金石誓言——之死靡它。这呐喊声是对旧时代包办婚姻制度的反叛。这在出嫁之前须听父母之命的时代,真可称得上敢冒天下之大不韪了。从这个角度讲,不妨把此诗看作一位少女要求婚姻自主,公开违抗父母之命的宣战书,具有进步的社会意义。

思考讨论

这首描写为争取婚姻自由而抗争的诗,对于后世的婚姻关系有何现实意义?

鄘风·相鼠

相鼠有皮[1],人而无仪[2]。
人而无仪,不死何为[3]?

相鼠有齿,人而无止[4]。
人而无止,不死何俟?

相鼠有体[5],人而无礼。
人而无礼,胡不遄死[6]?

注释

[1]相(xiàng):看。　[2]仪:外表,威仪,使人尊敬的仪表。[3]何为:即"为何"。　[4]止:廉耻。　[5]体:肢体。[6]胡:为什么。遄(chuán):赶快。

译文

老鼠还有一张皮,做人反而没礼仪。
做人反而没礼仪,还不去死干什么?

老鼠还有那牙齿,做人反而无廉耻。
做人反而无廉耻,还不去死等什么?

老鼠还有那肢体,做人反而不知礼。
做人反而不知礼,为何还不快去死?

赏析

《相鼠》是一首斥责卫国统治阶级不守礼法、荒淫无耻的讽刺诗。《毛诗序》说:"《相鼠》,刺无礼也。"刺谁无礼呢?《毛传》解释:"无礼仪者,虽居尊位,犹为暗昧之行。"那么谁居尊位?其暗昧之行是什么呢?《郑笺》做了具体说明:"视鼠有皮,虽处高显之处,偷食苟得,不知廉耻,亦与人无威仪者同。"春秋时代卫国宫廷荒淫无耻的事情很多,诗中具体讽刺何人何事,较难考证。这些居高显尊的统治者滥用特权、胡作非为,是有目共睹的。蒋立甫先生说:"翻开卫国的史册,在位者卑鄙龌龊的勾当太多,如州吁弑兄桓公自立为卫君;宣公强娶太子伋未婚妻为妇;宣公与宣姜合谋杀太子伋;惠公与兄黔牟为争位而开战;懿公好鹤淫乐奢侈;昭伯与后母宣姜乱伦……父子反目,兄弟争立,父淫子妻,子奸父妾,哪一件不是丑恶之极、无耻之尤!"这些居高显尊者满口仁义道德,标榜自己是礼法的化身,实际上最不守礼法,最厚颜无耻,是披着人皮的无耻卑鄙者,甚至连可恶的老鼠都不如。本诗讽刺的就是卫国这群满口仁义道德、满肚子男盗女娼的统治者的卑劣行径。

全诗共三章,每章四句,比喻手法贯穿全篇。老鼠本是害人之物，千百年来，人们将它与龌龊卑鄙、可憎可恨联系在一起，因此有"老鼠过街，人人喊打"的俗语。诗人以形象肮脏的老鼠与卫国统治者作比，认为那些长着人形的统治者连老鼠也不如。首章以老鼠的一身灰皮比喻统治者令人厌恶的外表，刺其无仪，没有做出好样子。第二章以老鼠无物不咬、无时不啮的牙齿比喻统治者鲜廉寡耻的行为，刺其无耻，贪得无厌，没有好灵魂。第三章以老鼠喜好到处乱钻的肢体比喻统治者肆无忌惮，干尽坏事，刺其无礼，没有好行为。全诗采用重章复沓的形式，三个比喻，把不劳而获的统治者比作人见人恨的老鼠、禽兽不如的东西。诗人把犀利的匕首刺向腐朽没落、荒淫无耻的统治阶级，表现出强烈的憎恶之情，放射着耀眼的现实主义光芒。

这首诗在句法结构上颇具特色，采用了语意连接非常紧密的顶针句，即上一句的末句就是下一句的起句，如"人而无仪""人而无止""人而无礼"三句分别为一、二、三章中的顶针句。语句承接紧凑、生动、顺畅，读上去句句相接、环环相扣，颇有一气贯注、急流直进的气势，生动形象地写出了诗人对统治者的大胆质问，增强了全诗的战斗力。

思考讨论

同样是描写老鼠的诗篇，《相鼠》和《硕鼠》在思想内容和表现手法上有何异同？

卫风·淇奥

瞻彼淇奥[1]，绿竹猗猗[2]。
有匪君子[3]，如切如磋[4]，
如琢如磨[5]。
瑟兮僩兮[6]，赫兮咺兮[7]。
有匪君子，终不可谖兮[8]！

瞻彼淇奥，绿竹青青[9]。
有匪君子，充耳琇莹[10]，
会弁如星[11]。
瑟兮僩兮，赫兮咺兮。
有匪君子，终不可谖兮！

瞻彼淇奥，绿竹如箦[12]。
有匪君子，如金如锡[13]，
如圭如璧[14]。
宽兮绰兮[15]，猗重较兮[16]。
善戏谑兮[17]，不为虐兮[18]！

注释

[1]瞻:看。淇:淇水,在今河南北部。奥(yù):水岸深曲处。[2]猗(yī)猗:美而茂盛的样子。　　[3]匪:通"斐",有文采的样子。　　[4]切、磋(cuō):加工玉器、骨器的工艺。用来比喻钻研学问、锻炼品德精益求精。　　[5]琢(zhuó)、磨:玉石骨器的精细加工。引申为学问道德上的钻研深究。　　[6]瑟:矜持庄严的样子。僩(xiàn):也作侗,威武豪爽的样子。　　[7]赫(hè):光明的样子。咺(xuān):通"宣",坦白的样子。　　[8]终:永久。谖(xuān):忘记。　　[9]青(jīng)青:一作"菁",茂盛的样子。[10]充耳:冠冕两旁下垂的玉石饰物。琇(xiù):宝石。莹:玉色光润晶莹。　　[11]会(kuài):皮帽两缝相合处。弁(biàn):皮帽。如星:玉石装饰像天上的星星一样闪亮。　　[12]箦(jī):堆积。[13]金:黄金,一说铜。　　[14]圭(guī):玉制礼器,长方形,上尖下方。璧:玉制礼器,正圆形,中有小孔。　　[15]宽:宽宏。绰:温柔的样子。　　[16]猗(yǐ):通"倚",依靠。重(chóng)较:古代车上的横木,供人扶着、靠着。　　[17]戏谑(xuè):开玩笑。[18]虐:刻薄伤人。

译文

淇水弯弯水流过,绿竹茂盛多婀娜。
君子高雅有文采,好似象牙切磋过,
好似玉石琢磨过。
看他庄严且威武,看他光明又磊落。

君子高雅有文采,永远不能忘记他!

淇水弯弯水流清,绿竹葱茏多翠青。
君子高雅有文采,耳边垂宝玉晶莹,
帽上玉石如闪星。
看他威武且庄严,看他磊落又光明。
君子高雅有文采,永远铭记在心灵!

淇水弯弯水流急,绿竹层层多茂密。
君子高雅有文采,才学精深如金锡,
品行高洁如圭璧。
心胸宽宏又温柔,向前奔驰靠车倚。
谈吐幽默话风趣,从不刻薄多平易!

赏析

《淇奥》是一首致有德君子的赞歌。《毛诗正义》说:"《淇奥》,美武公之德也。有文章,又能听其规谏,以礼自防,故能入相于周,美而作是诗也。"古今学者一般都认同这一观点。这里的"武公"指的是卫武公。卫武公姓姬名和,大约生于公元前858年,卒于公元前758年,享年约百岁,死后谥号武公。他一生阅历非常丰富,经历了周厉王、周幽王的暴虐无道,经历了周召共和、宣王中兴的社会变革,还经历了宗周覆灭、平王东迁等重大历史变故。据《史记·卫康叔世家》记载,公元前771年,幽王荒淫,犬戎作乱,宗周毁灭。卫武公联合宋襄公、晋言公、郑武公率兵反击,辅佐周王室平定这场祸乱,护送太子东迁,是为平王。因为卫武公勤王有功,晋升公爵,拜为卿相,从卫国"入相于周",当时他年近九十。卫国卿大夫为其举行隆重的欢送仪式,有一位擅长诗歌创作的大臣进献本诗,盛赞卫武公崇高的品德。

当然,也有学者提出不同见解,如高亨在《诗经今注》中说:"《毛诗序》说是歌颂卫武公(卫武公生于西周末年和东周初年),古书无确证。"从考据学的角度讲,高亨的说法是有道理的。就诗本身而言,所述的时间、地点、人物等指向性确实不是十分明确。其实,究竟赞颂何人并非重点,关键是要明白,诗人要赞颂的是怎样的一类人。这一点诗中还是很清楚的,那就是要赞颂像卫武公那样有德有才的君子,泛指周王朝时代德才兼备的贵族士大夫。因为圣君贤相、能臣良将是老百姓希望之所托。赞美他们,实际上是表达普通民众的一种生活向往。

全诗共三章,每章九句,分言君子学问之高、仪容之美、德业之盛。

第一章赞美君子的文采斐然,犹如珍贵的玉石,令人难忘。"切、磋、琢、磨"是古代治玉器、石器、骨器的工艺。《尔雅·释器》:"骨谓之切,象谓之磋,玉谓之琢,石谓之磨。""切"是把骨头加工成各种形状;"磋"是把象牙加工成各种形状;"琢"是把玉加工成各种形状;"磨"是把石头打磨成各种形状。"如切如磋,如琢如磨"描写君子的文采才华,比喻他在研究学问、陶冶品行方面精益求精。后来"如切如磋"成为一个常用的成语,比喻互相商讨砥砺。后世还将此句化为"切磋""琢磨"两个词语,也可联结为成语"切磋琢磨",比喻学习或研究问题时彼此商讨,互相吸取长处,改正缺点。

第二章描写君子的仪表之美。"充耳琇莹,会弁如星"描写的是君子的元服仪表。元服就是头衣,上古贵族男子的头衣有冠、冕、弁。"充耳"是垂在冠冕两侧用来塞耳的玉,是一种装饰品,在本诗中是用光润晶莹的宝石做的。"弁"也是贵族戴的比较珍贵的头衣,有皮弁和爵弁之分。"会弁如星"是说皮帽上的玉石装饰像天上的星星一样闪亮。元服上这些星光灿烂的玉饰品,不仅用以美化自身的外表,而且能借以表明等级身份。从诗中描写的这副打扮看,这位君子是一位地位极高的贵族。最后四句极力赞扬有德君子威仪宣朗、精光四射,是人们心中的楷模。

第三章赞美君子的德业高尚、气度大方、平易近人。"如金如锡"形容君子品性锻炼之精纯;"如圭如璧"形容君子的品质像玉器一样纯洁。四个比喻一气呵成,以金玉的精纯比喻君子的品德修养达到了最完美的境界,可谓"辞约而旨丰,事近而喻远"。"金"和"锡"精炼之后可做礼器;"圭"和"璧"都是玉制的礼器,以此四物作比,隐喻君子质美德盛,堪当此重任。

诗的每章开头都以竹子起兴,兴中带比。"绿竹猗猗""绿竹青青""绿竹如箦"三句,将君子置身于水边绿竹林的优美环境中,构成了和谐秀美的意境,也是君子品德高尚的风神写照。这雪压不倒、风吹不折的竹子,正是中国文化中优秀品德的象征,蕴含着谦逊虚心、高风亮节、傲立风雪、坚韧挺拔等美誉。无论是"岁寒三友"松、竹、梅,还是梅、兰、竹、菊"四君子",竹子都位列其中,可见,它在人们心中占有重要地位。魏晋时期的"竹林七贤"依竹而居,以竹为鉴,他们不畏权贵、坚韧有节、淡泊宁静、典雅孤直的人格特征,极为后人赞赏。竹子被赋予的文化意义备受后世文人士大夫的推崇,留下了无数咏竹、赞竹的佳句。苏东坡的"宁可食无肉,不可居无竹"已成为历代文人雅士共同的精神准则。而《诗经》中的《淇奥》可算得上是这种竹文化意识的源头了。

全诗语言简约,意境优美,思想深刻,内容丰富,层次分明,音韵天成。吴闿生在《诗义会通》中讲:"旧评云:通篇无一字腐,得法在用兴、用比、用形容咏叹。末章就宽绰戏谑处写,尤妙。"是对其写作艺术的最好注脚。

思考讨论

本诗反复称颂有德君子的哪些优秀品质?诗人是如何表现这些优秀品质的?

卫风·考槃

考槃在涧[1],硕人之宽[2]。
独寐寤言[3],永矢弗谖[4]。

考槃在阿[5],硕人之薖[6]。
独寐寤歌,永矢弗过[7]。

考槃在陆[8],硕人之轴[9]。
独寐寤宿,永矢弗告[10]。

秋林放艇图　盛懋　元代

注释

[1]考:筑成。槃(pán):木屋。涧:山夹水之处。　[2]硕人:形象高大丰满的人,指贤人。宽:宽敞。　[3]寐(mèi):睡眠。寤(wù):睡醒。　[4]永:永久。弗谖:不忘记。　[5]阿(ē):泛指山中凹进去的地方,即山窝。一说山坡。　[6]薖(kē):通"窠",美貌,引申为心胸宽大。　[7]弗过:不与外人来往。　[8]陆:高平之地。一说土丘。　[9]轴(zhóu):本义是车轴,这里指盘桓不行,自由自在。　[10]告:告诉。

译文

木屋筑在溪谷旁,贤人觉得很宽畅。
独睡独醒独说话,乐在其中永不忘。

木屋筑在山窝里,贤人当它安乐窝。
独睡独醒独歌唱,发誓不与外人往。

木屋筑在高原上,贤人徜徉真悠闲。
独睡独醒独自卧,此中乐趣口不言。

赏析

《考槃》是一首歌颂隐士的赞歌。诗中的"硕人"是贤者,是隐士,不但体貌伟岸,而且思想高尚、胸怀宽广。本诗描写的就是身处乱世的贤者隐居山林,独善其身,过着逍遥自在的生活的故事,堪称隐逸诗之宗。

诗题"考槃"两字有多种解释,归纳起来主要有三种。第一种解释为"成乐"。金启华教授《诗经全译》引《毛诗》:"毛亨:'考,成。槃,乐也。'"第二种解释为"敲盘唱歌"。著名学者高亨《诗经今注》:"考,扣也,敲也。槃,同盘。敲盘以歌。"第三种解释为"筑成木屋"。古典文学家程俊英教授《诗经译注》:"考,筑成。姚际恒《诗经通论》引《左传》'考仲子之宫'句,说明这个'考'字,是'筑成'的意思。槃,木屋。方玉润《诗经原始》引黄一正曰:'槃者,架木为室,盘结之义也。'"前两种解释有相近之处。放到本诗具体的语言环境中看,三种解释都通,而第三种解释似乎更贴近诗意,读者可细心辨之。

全诗共三章,每章四句。首章描写隐居贤士的心胸宽广,筑个木屋住在山涧里,过着独睡独醒、独言独语的生活,立誓永不忘其乐。第二章描写贤士心地坦荡,甘心独自隐居,不与人往来。第三章描写贤士独自享受隐居生活的乐趣,自得其乐,不说给别人听。

诗的每章开头描写隐者的居住环境:"在涧""在阿""在陆"。"硕人"就居住在这幽静雅致的水涧、山窝、高原,远离人群、远离尘世、远离喧嚣,非常符合隐士的生活特点。"硕人之宽""硕人之䪻""硕人之轴"三句中的"宽""䪻""轴"是写贤士的胸襟,点出了隐者与世无争、自我逍遥的宽广心胸和生活态度。而三章的结句"永矢弗谖""永矢弗过""永矢弗告"则是本诗的主旨所在,"弗谖""弗过""弗告"直抒胸臆,表明隐士与世俗社会,与统治阶级的决绝之情。

应该说,隐居生活是非常清苦的,饥饿病痛、野兽侵袭是家常便饭。为什么隐士甘愿清贫、不求闻达,而隐居山林呢?那是因为对现实不满,对社会厌恶,对当政者憎恨。所以《毛诗正义》说:"《考槃》,刺庄公也。不能继先公之业,使贤者退而穷处。"这种说法大致是正确的。当然,是否直接讽刺卫庄公不用贤人,从诗本身的内容来说,并没有透露明确的信息。但隐士宁可徜徉于山水之间,也不求闻达于世、为世所用的决绝态度还是十分鲜明的。方玉润的评论"美贤者隐居自乐之词"是颇为恰切的评价。虽然《诗经》时代还没有形成完整的隐居文化,但诗中隐居行为背后所表现出的隐居意识,对后世文人有深远的影响。晋代陶渊明的

《饮酒》诗:"结庐在人境,而无车马喧。问君何能尔,心远地自偏……"表现了他卓尔不群、超凡脱俗、自由逍遥的气度和心境,可算作隐居文化的代表之作。追溯其源头,应该就在《考槃》一诗。

思考讨论

读了本诗,你的脑海中出现了一位怎样的隐士形象?

卫风·硕人

硕人其颀[1],衣锦褧衣[2]。
齐侯之子[3],卫侯之妻[4],
东宫之妹[5],邢侯之姨[6],
谭公维私[7]。

手如柔荑,肤如凝脂[8],
领如蝤蛴[9],齿如瓠犀[10],
螓首蛾眉[11],巧笑倩兮[12]!
美目盼兮[13]!

硕人敖敖[14],说于农郊[15]。
四牡有骄[16],朱幩镳镳[17],

翟茀以朝[18]。
大夫夙退[19],无使君劳[20]。

河水洋洋[21],北流活活[22]。
施罛濊濊[23],鳣鲔发发[24],
葭菼揭揭[25]。
庶姜孽孽[26],庶士有朅[27]。

注释

[1]硕人:指卫庄公的夫人庄姜。其颀(qí):即"颀颀",指身材高大修长。颀:修长。　　[2]衣(yì)锦:穿着锦制的衣服。衣:作动词,穿。褧(jiǒng):穿在外面的罩衫。女子在嫁时途中所穿,以蔽尘土。　　[3]齐侯:齐庄公。子:这里指女儿。　　[4]卫侯:卫庄公。　　[5]东宫:指齐国太子得臣。古代太子住处叫东宫。[6]邢侯:邢国的国君。姨:妻子的姊妹。　　[7]谭公:谭国的国君。维:其。私:女子称她姊妹之夫为"私"。　　[8]凝脂:冻结的油脂。形容白而有光泽。　　[9]领:颈。蝤蛴(qiú qí):天牛的幼虫,色白身长。　　[10]瓠犀(hù xī):形容牙齿像葫芦籽一样洁白而整齐。瓠:葫芦的籽。犀:通"栖",整齐的意思。[11]螓(qín):虫名,似蝉而小,这里形容额头宽而方正。蛾:蚕蛾,其触须细长而弯,这里形容眉毛弯而细长。　　[12]倩:笑时两颊现出酒窝的样子。　　[13]盼:眼珠黑白分明的样子。[14]敖敖:身材高大的样子。　　[15]说(shuì):通"税",停驾休

息。农郊:近郊。　　[16]四牡:驾车的四匹雄马。牡:公马。有骄:即"骄骄",健壮的样子。　　[17]朱幩(fén):马口两边用红绸缠绕做装饰。镳(biāo)镳:盛美的样子。　　[18]翟茀(dí fú):用彩色野鸡毛装饰车茀。翟:长尾的野鸡。茀:遮蔽女车的竹席或苇席。朝(cháo):朝见,指庄姜出嫁到卫国和庄公相见。

[19]夙退:早点退朝。　　[20]使:让。君:卫国国君,这里指国君夫人,也称作"女君"。劳:劳于政事,这里指操劳。

[21]河:黄河。洋洋:水盛大的样子。　　[22]北流:黄河在卫之东齐之西,北流入海。活(guō)活:水流声。　　[23]施罛(gū):撒渔网。罛:渔网。濊(huò)濊:撒网入水声。　　[24]鳣(zhān):大鲤鱼。鲔(wěi):鳝鱼。发(bō)发:象声词,鱼尾击水声。

[25]葭(tǎn):荻草。揭揭:长得长长的样子。　　[26]庶姜:随嫁的众多女子。孽(niè)孽:形容女子修长美丽的样子。

[27]庶士:齐国护送庄姜的诸臣。有朅(qiè):即"朅朅",威武健壮的样子。

译文

美人身材真修长,麻纱罩衫锦衣裳。
她是齐侯的女儿,她是卫侯的娇妻,
她是太子的妹妹,也是邢侯的小姨,
谭公是她的妹婿。

纤手白嫩如春荑,皮肤白润又细腻,
美丽脖颈像蝤蛴,齿比瓠籽还整齐,

额头方正眉弯细,笑出酒窝真美丽!
眼如秋波流情意!

美人身材长得高,停车休息在近郊。
四匹雄马多肥膘,马嘴两边红绸飘,
鸟羽饰车去上朝。
夫人将朝臣早退,别让女君太操劳。

黄河之水浩荡荡,哗哗奔流向北方。
撒开渔网呼呼响,鲤鱼鳝鱼跳进网,
芦荻高高排成行。
陪嫁姑娘身修长,护送武士多健壮。

赏析

诗题"硕人"指的是庄姜。《左传·隐公三年》:"卫庄公娶于齐,东宫得臣之妹,曰姜庄。美而无子,卫人所为赋《硕人》也。"因此,《硕人》是卫人赞美卫庄公夫人庄姜的诗。

全诗共四章,每章七句。第一章以赞赏的口吻起笔,写硕人身材修长,穿着锦衣,披着罩衫,形象出众。接着以"赋"笔连用五个排比句,铺叙硕人出身的高贵。她的三亲六戚、父兄夫婿都是地位显赫、有权有势的一方诸侯,重点突出一个"贵"字。

第二章描写硕人的美丽端庄,历来为人称道。诗人连用六个比喻,写她手指之白嫩,皮肤之白皙,头颈之白挺,牙齿之整齐,额头之方正,眉毛之弯细。比喻贴切生动,细节描写细腻,犹如特写镜头，活脱脱勾画出了一个美艳绝伦的贵族女子形象。"肤如凝脂"和"螓首蛾眉"后来成为两个固定的成语，前者形容女子的皮肤白而光润，后者形容女子容貌美丽。而"巧笑倩兮！美目盼兮"两句更为精彩，描写硕人酒窝可爱、美目流转，楚楚动人，勾人魂魄。仿佛一位笑盈盈的美丽少女站在读者面前，称得上是描写美人神态的传神之笔。清人姚际恒称颂道："千古颂美人者，无出其右，是为绝唱。"这七句运用铺张写法，是描写美人的千古名句，展现了一幅动静结合的"美人图"，重点突出一个"美"字。

第三章以浓墨重彩渲染了庄姜嫁卫的盛况。出嫁途中，硕人憩息于农郊，大夫来见，显示其国君夫人的身份。"四牡有骄，朱幩镳镳，翟茀以朝"三句写礼仪隆重，马匹雄壮，香车精美，彩旗飘飘，满眼是"宝马雕车香满路"的情景。重点突出一个"盛"字。末句"无使君劳"的"君"字颇为费解。向来有两说：一说指国君夫人，称作"女君"；一说指卫庄公。从诗的内容看，从前说更为通顺。如果理解为硕人农郊歇息后，即入朝与卫庄公相见，则与下一章内容相悖。既然已经到了卫国宫殿，怎么还会有河水、渔网和芦荻这些农郊的景色呢？"大夫夙退，无使君劳"当指在农郊参见夫人的官员应早退，不要让国君夫人太劳累了，原因是上一句"翟茀以朝"，因为夫人稍事休息后还要乘着翟车入宫与卫君相见。"翟茀以朝"并非指现行之事，而是指夫人即将进行的准备性动作。卫庄公在诗中始终没有实际出场。

末章七句，写庄姜的随从众多，且个个健美。诗人连用六个叠词，"洋洋"状河水之广；"活活"摹水流之声；"濊濊"描张网之状；"发发"拟击水之声；"揭揭"标葭菼之高；"孽孽"赞庶姜之貌。有人有物，有声有色，有形有状，使出嫁途中的景色活了起来。末两句则写庶姜体态修长美丽,庶士体格威武健壮,这是一支人数众多的陪嫁队伍,重点突出一个"多"字。

诗的末章"庶姜孽孽,庶士有朅"两句透露了上古婚姻中的"媵妾之礼"。"媵"是女方的妹妹或兄弟的女儿。"媵婚"是周代贵族的官方婚制,即天子、诸侯娶妻,除正妻嫡夫人外,还要以夫人庶出的妹妹和侄女为媵妾,组成一个妻妾之群,嫁给同一个丈夫,这些随嫁陪嫁的女子统称为"媵"。因此,娶的妻虽然只有一个,但媵却有一群。诗中的"庶姜"就是与庄姜同姓随之出嫁的众女子,实际就是"媵妾"。《〈诗经〉中生活习俗研究》一文指出:"媵"非正妻,其地位比不上作为正妻的嫡夫人,但也比较尊贵。在诸媵中,又有左右之分,左尊右卑,娣尊侄卑。通常正妻故去,以媵侄或媵娣为继室。嫡媵以血亲关系为纽带结成一个较为牢固的小团体,在贵族家庭中占据着一个特殊的地位。"媵"主要是贵族女子,地位较高;而"妾"主要是平民女子,地位低下,在家族中没有财产继承权。战国时期"媵"基本消失,取而代之的是"妾"。这时,妾的地位开始提高。后世"娶妻纳妾"便成为有财有势有地位的男子的专利。《诗经》中《召南·鹊巢》《召南·江有汜》《邶风·泉水》《齐风·敝笱》《大雅·韩奕》等篇都提到了"媵婚"之事。

思考讨论

找出诗中描写硕人美丽外貌的诗句读一读,试析诗人是怎样从动静结合的角度进行仔细描绘的。

卫风·氓

氓之蚩蚩[1],抱布贸丝[2]。
匪来贸丝[3],来即我谋[4]。
送子涉淇[5],至于顿丘[6]。
匪我愆期[7],子无良媒[8]。
将子无怒[9],秋以为期[10]。

乘彼垝垣[11],以望复关[12]。
不见复关,泣涕涟涟[13]。
既见复关,载笑载言[14]。
尔卜尔筮[15],体无咎言[16]。
以尔车来[17],以我贿迁[18]。

桑之未落,其叶沃若[19]。
于嗟鸠兮[20],无食桑葚[21]!
于嗟女兮,无与士耽[22]!
士之耽兮,犹可说也[23]。
女之耽兮,不可说也!

桑之落矣,其黄而陨[24]。
自我徂尔[25],三岁食贫[26]。
淇水汤汤[27],渐车帷裳[28]。
女也不爽[29],士贰其行[30]。
士也罔极[31],二三其德[32]。

三岁为妇[33],靡室劳矣[34]。
夙兴夜寐[35],靡有朝矣[36]。
言既遂矣[37],至于暴矣[38]。
兄弟不知,咥其笑矣[39]。
静言思之[40],躬自悼矣[41]。

及尔偕老[42],老使我怨。
淇则有岸,隰则有泮[43]。
总角之宴[44],言笑晏晏[45]。
信誓旦旦[46],不思其反[47]。
反是不思[48],亦已焉哉[49]!

注释

[1]氓(méng):民,诗中指弃妇过去的丈夫。蚩(chī)蚩:同"嗤嗤",笑嘻嘻的样子。一说是忠厚的样子。　　[2]布:古代钱

币。一说指布帛等丝麻织品。贸:交易。　　[3]匪(fēi):通"非",不是。　　[4]即我:到我这里来。即:就,接近。谋:商量,这里指商量婚事。　　[5]子:古代对男子的美称。涉:徒步渡水,这里指渡河。　　[6]顿丘:地名,在今河南清丰。　　[7]愆(qiān)期:过期,误期,指拖延婚期。　　[8]媒:媒人。　　[9]将(qiāng):愿,希望。无怒:不要生气。　　[10]秋以为期:即"以秋为期"。期:婚期。　　[11]乘:登上。彼:那。垝垣(guǐ yuán):倒塌的墙。　　[12]复关:男子所居之地。这里指代男子。一说指男子返回的车子。复:返回。关:车厢。　　[13]泣涕:哭泣。涕:眼泪。涟涟:泪流不断的样子。　　[14]载:语助词,放在动词前,无实义,翻译时可作"就""则"讲。　　[15]卜:用龟甲卜卦。筮(shì):用蓍(shī)草占卦。　　[16]体:卦体、卦象,即占卜的结果。咎(jiù)言:不吉利的话。古代男女结婚,事先必占卜,以问吉凶,这是当时的一种习俗。　　[17]车:指男方迎娶用的婚车。　　[18]贿(huǐ):财物,这里指女子的嫁妆。　　[19]沃若:润泽肥硕的样子。这句用桑叶的润泽肥硕比喻女子年轻美貌。　　[20]鸠:鸟名,斑鸠。　　[21]无食桑葚(shèn):传说斑鸠多食桑葚会昏醉,诗中用来比喻女子沉迷爱情会昏头昏脑,辨不清好人坏人。桑葚:桑果。　　[22]士:未婚男子的通称。耽(dān):沉溺。　　[23]说(tuō):通"脱",摆脱,解脱。　　[24]黄:指叶黄。陨(yǔn):落下。这句用桑叶黄落比喻女子年老色衰。　　[25]徂(cú)尔:嫁往你家。徂:往。　　[26]三岁:泛指多年,不是实数。食贫:指生活贫困。　　[27]汤(shāng)汤:水势盛大的样子。　　[28]渐(jiān):浸湿。帷裳:车子两旁的布幔。　　[29]爽:过失,差错。　　[30]士贰其行:男子自己的行为前后不一致。贰:不专一,有二心,跟"壹"相对。行(háng):行为。　　[31]罔(wǎng)极:反复无常,没有准则。罔:无。极:准则。　　[32]二三:作动词,反复变化的意思。德:德行,言行。[33]妇:有公婆在者称为妇,就是现在的"媳妇"。　　[34]靡(mǐ)室劳:不以操持家务为劳苦。靡:无,不。室:指家务。劳:劳苦,辛苦。　　[35]夙兴:早起。夜寐:晚睡。　　[36]靡有朝(zhāo):没有一日不如此。朝:日。　　[37]言:句首语词,无实义。既:已经。遂:顺从,指女子听从丈夫。　　[38]暴:粗暴。[39]咥(xì):大笑的样子。　　[40]静言思之:静而思之。言:语助词,无实义。　　[41]躬自悼:独自悲伤。躬:自身。悼:悲伤。[42]及:与。偕(xié)老:夫妻共同生活到老。　　[43]隰(xí):低湿之地。泮(pàn):通"畔",边际。　　[44]总角:束发。小孩子把头发扎成两个结,形似牛角。这里指代未成年时。宴:安乐,欢乐。　　[45]晏(yàn)晏:和悦温柔的样子。　　[46]信誓:真诚的誓言。旦旦:诚实的样子。　　[47]不思:想不到。反:反复,违反,变心。　　[48]反是不思:不去想违反誓言的事情。是:这,指誓言。　　[49]焉哉:语气词,与"已"连在一起,就是"算了吧"的意思。

译文

那个汉子笑嘻嘻,抱着布币来买丝。
不是真的来买丝,实是找我谈婚事。
那日送你过淇水,直到顿丘才告辞。
并非我要误婚期,你无良媒来联系。

请你不要生我气,约定秋天为婚期。

登上那边破土墙,遥望复关盼情郎。
望眼欲穿不见人,不见情郎泪汪汪。
既见你从复关来,又说又笑心欢畅。
你去占卦问吉凶,并无凶兆喜洋洋。
赶着你的车子来,用车搬运我嫁妆。

桑叶未落密又密,枝叶肥硕润又柔。
哎呀斑鸠小鸟儿,见了桑果别贪口!
哎呀年轻姑娘们,别对男人太痴迷!
男人若是迷恋你,要想摆脱太容易。
女人若是迷男人,想要解脱难分离!

桑枝凋零叶陨落,枯叶随风任飘零。
自我嫁到你家来,多年吃苦受寒贫。
淇水茫茫送我回,浸湿车幔冷冰冰。
我做妻子没过错,是你言行有二心。
反复无常没准则,前后不一无德行。

结婚多年守妇道,操持家务多辛劳。
早起晚睡勤劳作,累死累活非一朝。
生活渐安顺从你,面目渐改施粗暴。
兄弟不知我处境,见我回家笑一场。
静下心来细思量,独自垂泪心悲伤。

本想和你活到老,哪想如今怨恨愁。
淇水虽阔终有岸,沼泽虽宽有尽头。
回想少时多快乐,说说笑笑多温柔。
海誓山盟犹在耳,谁料反目竟成仇。
不去想那背盟事,从此终结便罢休!

赏析

　　《卫风·氓》是一首典型的弃妇怨诗。全诗共六章:第一章写恋爱;第二章写待嫁;第三章、第四章中断叙事,插入弃妇的怨愤之词;第五章写受虐;第六章写弃妇的决绝。这首长诗完整地记录了《诗经》时代一段恋爱、结婚、爱情破灭的爱情故事,深刻地反映了当时社会男女不平等的婚姻制度对女子的压迫和伤害。

　　在这首弃妇自述婚姻悲剧的长诗中,塑造了女主人公与"氓"这两个人物形象。作者运用对比手法刻画了两个人物的性格特点。女主人公的思想性格以她被休弃为界,由单纯、天真、热情甚至带点软弱,转变为成熟、理智、冷静、坚强、刚毅;"氓"呢?则以结婚为界,写了他两副嘴脸:婚前假装忠诚,婚后家暴不断,露出暴烈、虚伪的本质。一前一后两相对比,两个人物的善恶美丑形成强烈的反差。这种反差恰好体现在出自于本篇的四个成语上。描写女主人公的两个成语是"言笑晏晏""夙兴夜寐"。"言笑晏晏"的意思是说说笑笑,和柔温顺,体现了女主人公温柔的性格。"夙兴夜寐"的意思是早起晚睡,非常勤劳,在诗中指女主人公勤勤恳恳操持家务。描写"氓"的两个成语是"信誓旦旦""二三其德"。"信誓"是真诚的誓言,"旦旦"是诚实的样子。"信誓旦旦"

形容誓言说得非常诚恳,这是他婚前的表现。"二三其德"形容三心二意,感情不专一,这是他婚后的写照。

诗中有两句非常有名的句子,"桑之未落,其叶沃若"和"桑之落矣,其黄而陨"。这是典型的比兴手法,比喻两人之间情感的前后变化。类似的写法还有很多,例如,用"于嗟鸠兮,无食桑葚"比喻女子不可沉溺于爱情;用"淇则有岸,隰则有泮"反喻自己的痛苦没有边际。这种比兴写法不仅生动形象,而且符合人物所处的境遇,富有生活气息。

学习这首诗,还能通过弃妇的自叙,了解《诗经》时代的一些婚俗特点。

一是父母之命,媒妁之言。《诗经》时代,男女婚前可以自由交往,自由恋爱,而一旦谈婚论嫁,就必须要有媒人。"匪我愆期,子无良媒"两句充分反映了私订终身是为当时世俗所否定的。他们俩早就相识相恋,但双方父母并不知晓,要想结婚就应按照世俗程序,请媒人上门提亲才能将婚事定下来,否则会受人鄙视。《豳风·伐柯》说:"伐柯如何? 匪斧不克。取妻如何? 匪媒不得。"可见媒人的重要性。如果我们站在当时的社会背景来考察,"父母之命,媒妁之言"的世俗制度是具有一定合理性的。在环境相对封闭的农耕社会,"男主外女主内"的家庭模式,使女子很少有与男子单独交往的机会,儿女的婚姻由父母决定,嫁娶的对象由父母选择,是由经济、文化基础决定的,这是"父母之命"的存在基础。而"媒妁之言"的婚姻更具法律约束力。媒氏负责登记、管理当地户籍,了解当地的未婚适龄青年情况,从中牵线,使其成婚。《周礼·地官·媒氏》明文记载媒氏的此种职能:"掌万民之判。凡男女自成名以上,皆书年月日名焉。令男三十而娶,女二十而嫁。凡娶判妻入子者,皆书之。"实际上,"媒氏"是男女双方的中介和纽带,用现在的话来说,等于是合法婚姻的见证人。

二是婚前占卜。商周时代,占卜涉及社会生活的各个领域,上至国家大事,下至日常生活,无卜不行。关系到个人生活的婚姻大事自然也是占卜对象,婚姻大事必须听命于天。从本篇"尔卜尔筮,体无咎言"两句的描写中可见,这对青年男女通过龟卜占筮,龟甲和卦体上都是吉利之言,神灵暗示这是一桩幸福美满的婚姻,于是姑娘迫不及待地让小伙子用车拉走了她的嫁妆,两人缔结秦晋之好。短短两句话,有力地证明占卜决婚是当时婚姻活动中一项基本内容,也是当时普遍流行的婚俗之一。这种婚前占卜决婚的习俗,后来慢慢地演变成婚姻"六礼"中的"纳吉"一礼。"纳吉"内容中包含卜婚,占卜得吉,婚姻方能立成。

三是亲迎之礼。所谓亲迎,是指在约定的日期,新郎官亲往女方家里迎接新娘。古人认为男女成婚是阴阳结合,而黄昏是大自然阴阳交泰的最佳时辰,此时迎娶顺应天道。因此,周人亲迎都在夜晚,衣服尚黑。本篇中"以尔车来,以我贿迁"两句实际写的就是亲迎过程。

四是奔婚不受保护。没有经过媒氏牵线而自行嫁娶叫作"奔",这种婚姻由于没有媒氏的参与,被认为没有遵守风俗,是被人看不起的。用现在的话讲,没有履行婚姻手续,没有婚姻见证人,有点类似同居,终究不被人看好。从"将子无怒,秋以为期"两句看,女主人公似乎在消"氓"之气,表明自己的忠诚温柔,并表示不必再派媒人来了,到秋天便跟他在一起。这显然与世礼相悖,故后世欧阳修、朱熹称之为"淫女",这当然是一种道家偏见。这种奔婚虽然也为当时社会认可,但绝不受保护。《礼记·内则》中说"聘则为妻,奔则为妾",由"父母之命,媒妁之言"形成的"聘婚",女子可以做正房;而自由恋爱私奔结合的女子,只能做小妾,小妾是没有财产分配权的。诗中的女主人公虽然不是小妾,但因丈夫喜新厌旧,在家庭暴力中受尽欺侮,却也落得被休的结局。

五是休妻现象,古已有之。中国古代没有"离婚"一说,婚姻关系解除的权力掌握在男子手中。男人一纸休书,就能将女人休回娘家。当然,休妻也不是随随便便的,得有个理由,女子犯"七出"之过,丈夫就能行休妻之权。所谓"七出",在《大戴礼记·本命篇》中有明确记载:"妇有七去:不顺父母去,无子去,淫去,妒去,有恶疾去,多言去,窃盗去。"从本诗中的叙述看,这位女子孝顺父母,不辞辛劳,不像多言之人,也无疾病、盗窃之过,诗中并未提及生儿育女之事,估计是因为"无子"而被休弃的。现代科学告诉我们不孕不育的原因,可能在女方,也可能在男方,但在古代一概归在女子身上。没有子女的婚姻,即使在现代社会,也会招来异样的目光,至少是令人遗憾的。在奉行"不孝有三,无后为大"的古人看来,使夫家断后更是极重的罪责,休"无子"之妻是自然而然的事。本篇告诉我们《诗经》时代已经出现休妻现象,女子在婚姻中毫无平等可言。

六是一夫一妻,已经确立。中国古代的先民经历了原始群婚、血族群婚、对偶婚等婚姻形态,后来才正式确立了一夫一妻制。《诗经》时代的男女恋爱还是比较自由的,结婚之后则以忠贞不渝为尚,视二三其德为耻。本篇中,从"女也不爽,士贰其行。士也罔极,二三其德"和"信誓旦旦,不思其反"可看出,对爱情专一已经成为一种当时通行的道德观念,这种观念只有在父系社会一夫一妻制确立时才可能产生。诗中通过对比,赞扬和肯定了女主人公忠贞不渝、真挚专一的爱情态度,同时也对朝三暮四、忘恩负义的"氓"进行了无情的揭露和批判。

思考讨论

诗人在塑造女主人公与"氓"两个人物形象时,是怎样用对比手法刻画人物性格的?

卫风·河广

谁谓河广[1]?一苇杭之[2]。
谁谓宋远?跂予望之[3]。

谁谓河广?曾不容刀[4]。
谁谓宋远?曾不崇朝[5]。

注释

[1]河:黄河。　[2]苇:芦苇。指黄河虽广,然一束芦苇就可渡过。杭:通"航",渡过。　[3]跂(qì):通"企",踮起脚尖。[4]曾:乃。刀:通"舠",小船。　[5]崇朝(zhāo):终朝,一个早上,形容时间很短。

译文

谁说黄河宽又广?一束芦苇就能航。
谁说宋国很遥远?踮起脚尖能相望。

谁说黄河宽又广?容条小船也困难。
谁说宋国很遥远?不用一早到对岸。

赏析

《河广》是《诗经》中一首优美的抒情短章,描写一位居住在卫国的宋人思归不得的事情。卫国在戴公之前,都城在朝歌,与宋国只隔一条黄河。诗中极言黄河不广,宋国不远,回去很容易,却因某种原因而不能如愿,思乡之情溢于言表。

全诗共两章,每章四句。第一章写黄河不广,只要一束芦苇就可以渡过;宋国不远,只要踮起脚尖就可以看到。第二章复沓吟唱,说黄河不广,容条小船也困难;宋国不远,一早就能到对面。虽然不清楚是什么原因使这个宋国人不能回到家乡而羁旅异国,但知道越是愿望不能实现,他眷恋故土、渴望回乡的情感就越强烈。

全诗在写法上的两个特点值得夸赞。一是奇特夸张手法的运用。黄河是我国的第二大河,黄河之宽广、河水之汹涌人所皆知,诗人却说"一苇杭之""曾不容刀"。卫宋两国再近,也不可能一眼望尽、片刻即到,而诗人却说"跂予望之""曾不崇朝",可谓极尽夸张之能,将黄河、卫宋之间的距离形容得微不足道。二是出奇的设问手法。每章设问两次,"谁谓河广""谁谓宋远"这两个既是设问句又是反问句,不用回答就否定了黄河宽广难渡,否定了卫宋距离遥远。自问之后是自答,极言黄河的狭窄易渡,宋国片刻能到。诗人把夸张的语言和反复的设问糅合在一起,产生的不是实际上的真实,而是艺术上的真实。在一问一答中,把宋国不远、家乡易达却思归不得的内心苦闷倾诉出来。抒情痛快淋漓,诵读备感爽快。这也是《河广》能以短小之章成为《诗经》名篇的主要原因。

思考讨论

试析本诗在写作手法上有什么特点?

卫风·木瓜

投我以木瓜[1],报之以琼琚[2]。
匪报也[3],永以为好也。

投我以木桃[4],报之以琼瑶[5]。
匪报也,永以为好也。

投我以木李[6],报之以琼玖[7]。
匪报也,永以为好也。

注释

[1]投:赠送。木瓜:植物名,落叶灌木,果实椭圆。[2]报:报答,回礼。琼琚(qióng jū):美玉的通称。琼:赤玉。琚:佩玉。 [3]匪(fēi):通"非"。 [4]木桃:桃子。 [5]琼瑶(yáo):美玉。瑶:次一等的美石。 [6]木李:李子。为了与第一章的"木瓜"一律,所以"桃"和"李"字前面都加"木"字。[7]琼玖(jiǔ):宝石。玖:黑色的玉。

译文

送我一只大木瓜,我拿佩玉回赠她。
不只为了报答她,而是永远爱着她。

送我一只大木桃,我拿美玉来还报。
不只为了报答她,而要和她永相好。

送我一只大木李,我拿宝石作回礼。
不只为了报答她,而要和她爱到底。

赏析

《木瓜》是一首描写男女互相赠答的情诗。全诗共三章,每章四句。从诗的口气看,似乎是一位男性青年。意中人赠予他"木瓜""木桃""木李",他欣喜万分,要用珍贵的佩玉"琼琚""琼瑶"

"琼玖"来回赠对方,并反复申明这种回赠并非出于报答,而是欲与姑娘永结同心。所以朱熹在《诗集传》中说此诗"疑亦男女相赠答之辞"。应该说朱熹的理解比较符合诗的原意。这是一首古代青年男女相互馈赠礼品、表白爱情的情诗。

  本诗在描写男女互赠礼物的同时,还透露了《诗经》时代的一些文化信息。上古时代,采集野果的工作一般由女子承担,她们在劳动时偶尔遇见自己的心上人,往往随手投掷瓜果给对方,以传情表意。由此形成男女恋爱中的一个习俗——赠物表达爱意。《国风》中有许多爱情诗篇,都有投赠之句。例如,《邶风·静女》中的"静女其娈,贻我彤管""自牧归荑,洵美且异";《陈风·东门之枌》中的"视尔如荍,贻我握椒";《郑风·溱洧》中的"维士与女,伊其相谑,赠之以勺药"等,所体现的均是这种赠物表达爱意的鲜明婚俗。除了瓜果、花草作为赠礼之物外,还有一种被用作传情达意的媒介物,那就是玉。本诗中的男子就是以"琼琚""琼瑶""琼玖"这些美玉来相赠的。无独有偶,《王风·丘中有麻》中也有类似的赠玉诗句:"丘中有李,彼留之子。彼留之子,贻我佩玖。"

  为什么要赠玉呢?这与我国源远流长的玉文化有密切关联。古人认为,玉是亘古以来就有的产物。玉因其质地高雅,被视为圣洁之物,所以古人有君子以德比玉的习惯。《礼记·玉藻》说:"古之君子必佩玉……君子无故玉不去身。君子于玉比德焉。"本诗中男子解下自己所佩的美玉回赠姑娘,以示永久相爱,这种解玉相赠是青年男女交换定情信物的习俗,一直流传至今。此外,赠玉对于青年男女还有另一层文化含义,祈盼多子多孙。1986年,山东青州马家冢子东汉墓出土的一件玉器上刻有"宜子孙"字样,据此我们也许可以推测出《诗经》时代的赠玉行为,当与人们希望子孙兴盛的夙愿有关。玉包含着人们的多子意识，把这种与子嗣繁殖相关的礼物赠予对方，其含义是显而易见的，那就是愿与对方共结连理，婚后多子多福。

成语"投木报琼"出自本诗，原指男女相爱互赠礼品，后用以指报答他人对待自己的深情厚谊。可见，这个词语在使用过程中，它的内涵扩大了，不但用于恋人之间的情感表露，还用来表示人与人之间更加丰富的感情。中华民族是礼仪之邦，有句老话叫"来而不往非礼也"，亲人之间、邻居之间、朋友之间、同事之间、师生之间、同学之间互赠礼物，表示友好的感情是一种普遍的现象。"永以为好也"不一定是为了结秦晋之好。难怪姚际恒说："然以为朋友相赠答亦奚不可，何必定是男女耶！"这是很有见地的解读。"投木报琼"这个成语与出自《诗经·大雅·抑》的另一个成语"投桃报李"意思相近。虽然它远远没有"投桃报李"有名，但《木瓜》却是《诗经》中传诵最广的名篇之一。

本诗在结构上最大的特色是重章叠句，第二、三两章是对第一章的复沓。三章的语句基本相同，后两章只是将"木瓜"换作"木桃""木李"，将"琼琚"换作"琼瑶""琼玖"，合起来只换了六个字。每章的后两句反复叠唱，一唱三叹，朗朗上口，表达了诗人深沉真挚的情感，增强了诗歌的抒情效果。

思考讨论

诵读本诗，说说诗中是怎样抒发青年男女两心相许、两情相悦的感情的。

王风·黍离

彼黍离离[1],彼稷之苗[2]。
行迈靡靡[3],中心摇摇[4]。
知我者谓我心忧,不知我者谓我何求[5]。
悠悠苍天[6],此何人哉?

彼黍离离,彼稷之穗。
行迈靡靡,中心如醉[7]。
知我者谓我心忧,不知我者谓我何求。
悠悠苍天,此何人哉?

彼黍离离,彼稷之实。
行迈靡靡,中心如噎[8]。
知我者谓我心忧,不知我者谓我何求。
悠悠苍天,此何人哉?

注释

[1]黍(shǔ):小米。离离:繁茂的样子。　　[2]稷(jì):高粱。
[3]行迈:远行。迈:行。靡靡:脚步缓慢的样子。　　[4]中心:

心中。摇摇:心神不宁,愁闷得难受。　　[5]求:寻找。
[6]悠悠:遥远的样子。　　[7]醉:昏昏沉沉。　　[8]噎(yē):
食物堵塞住咽喉,这里指忧深不能喘息。

译文

小米长成一排排,高粱长出绿苗来。
步儿悠悠慢徘徊,心中烦闷愁上来。
知道我的说我愁,不知我的问找啥。
悠远苍天在上头,搞成这样是谁呀?

小米长成一排排,高粱已经抽出穗。
步儿悠悠慢徘徊,心中昏乱如酒醉。
知道我的说我愁,不知我的问找啥。
悠远苍天在上头,搞成这样是谁呀?

小米长成一排排,高粱结出米儿来。
步儿悠悠慢徘徊,心中哽咽真难挨。
知道我的说我愁,不知我的问找啥。
悠远苍天在上头,搞成这样是谁呀?

赏析

《黍离》是《王风》的第一篇。西周最后一个国君周幽王暴虐无道,导致夷狄入侵,西周覆灭。平王东迁洛邑,周王室开始衰微。中央政权雄踞关中、统一天下的局面被诸侯争霸所代替,而周王室根本无力驾驭诸侯,其地位等同于列国,所以东周王国境内的诗被称作"王风"。清人崔述在《读风偶识》中说:"幽王昏暴,戎狄侵陵,平王播迁,家室飘荡。"这段历史可看作所有《王风》作品创作的时代背景。

本诗究竟要表达什么?历来争议颇多,主要有以下四种。一是"闵周说",流传最广,以《毛诗序》为代表:"《黍离》,闵宗周也。周大夫行役至于宗周,过故宗庙宫室,尽为禾黍。闵周室之颠覆,彷徨不忍去,而作是诗也。"大意是说,本诗的作者是东周王朝的一位大夫,他在东周初年来到当年西周的首都镐京,不见过去的宗庙宫室,眼前只有一片茂盛的禾苗,往昔繁华已荡然无存。他哀叹周室之颠覆,悲从中来,涕泪满衫,彷徨不忍离去,于是写下此诗。二是"流浪说",以余冠英为代表,《诗经选》说:"此说在旧说之中最为通行,但从诗的本身体味,只见出这是一个流浪人诉忧之辞,是否有关周室播迁的事却很难说。所以'闵周'之说只可供参考而不必拘泥。"三是"难舍家园说",以程俊英为代表,《诗经译注》说:"这是诗人抒写自己在迁都时难舍家园的诗。《毛诗序》认为是周大夫慨叹西周沦亡之作,但诗中并无凭吊故国之意,似不可信。"四是"悲破产说",以郭沫若为代表。他在《中国古代社会研究》中说:"这是有名的故宫禾黍之悲,事实上怕就是悲自己的破产。"其实,不论哪一种说法,都无法从诗中找到明确的信息依据,大多是逻辑推理的结果。但是,有一点是可以肯定的,即朝代更迭、时代变动引起了诗人强烈的忧思之情、亡国之痛。由本诗衍生出的成语"黍离麦秀",形成了约定俗成的审美意蕴——哀伤亡国之辞。后人用作典故,以"黍离""麦秀"表感慨忧伤之心,为亡国之词。唐人陈子昂的《登幽州台歌》和宋人姜夔的《扬州慢》等作品中的语言运用和情感抒发,无不深受其影响。

全诗共三章,每章八句,结构相同,采用重章叠唱的形式,反复抒发内心情感。随着时间的流逝,诗人内心也在不断变化,中心"摇摇""如醉""如噎",由心神不宁到心里昏乱,到心中哽咽,萦绕于胸间的哀思之情不断升级,逐渐深浓。因此,有层次的心理刻画成为此诗的最大特点。清人方玉润《诗经原始》眉评:"三章只换六字,而一往情深,低徊无限。"评得很是到位。每章的后四句不断复沓,"知我者谓我心忧,不知我者谓我何求",是一种众人皆醉我独醒的尴尬和悲伤,于是只能质问上苍:"悠悠苍天,此何人哉?"可是苍天哪有回应呢?强烈的忧思之情像波浪一样一阵阵袭来。诗人反复吟唱,将这种一往情深的哀婉之情推向了顶峰。

思考讨论

读了本诗,你的眼前出现了一位怎样的士大夫形象?

王风·君子于役

君子于役[1],不知其期[2]。曷至哉[3]?

鸡栖于埘[4]，日之夕矣，
羊牛下来[5]。
君子于役，如之何勿思！

君子于役，不日不月[6]。
曷其有佸[7]？
鸡栖于桀[8]，日之夕矣，
羊牛下括[9]。
君子于役，苟无饥渴[10]！

注释

[1]君子：古时妻子对丈夫的敬称。于：往。役(yì)：服劳役。
[2]期：归期。　　[3]曷(hé)：何，这里指何时。至：到家。
[4]埘(shí)：鸡舍，凿墙而成的鸡窠。　　[5]来(lí)：古读如"厘"。
[6]不日不月：无日无月，指不知归期，是"不知其期"的另一种说法。　　[7]有：又。佸(huó)：聚会、相会。　　[8]桀(jié)：鸡栖的木架。　　[9]括：音义同"佸"会合。　　[10]苟：大概，也许，带疑问口气的希望之词。

江田种耕图　萧晨　清代

译文

丈夫服役在远方,不知归期心忧伤。
何时才能回家乡?
鸡儿进窠歇匆忙,夕阳西下望断肠,
牛羊归圈走下冈。
丈夫服役在异乡,叫我怎不把他想!

丈夫服役在远方,没日没月离别长。
啥时方能聚一堂?
鸡儿进窠歇匆忙,夕阳西下望断肠,
牛羊下坡进栏忙。
丈夫服役在异乡,但愿不缺水和粮!

赏析

《君子于役》是一首流传于东周王畿附近的民间歌谣,描写一个妻子思念远行在外服役的丈夫,是一首出色的思妇诗。

全诗共两章,每章八句。首章淡淡几笔,勾勒出一幅颇具诗意的乡村晚景画:黄昏时分,日落西山,一抹余晖洒向大地。一名少妇孤独忧伤地在自家门口静静伫望,鸡进了窝,牛羊从山坡上缓缓走来,进了圈栏。劳作了一天的人们也该回家休息了。本来这是家人团聚的时刻,而思妇却"过尽千帆皆不是",根本不见丈夫的踪影。好似漫不经心的寥寥几笔,思妇的内心世界便一览无余地展现在读者面前,可谓"一切景语皆情语"。黄昏、月夜本来最易触动人的情愫，对孑然寂居的思妇而言，更易撩起她的一怀愁绪。于是，"寻寻觅觅冷冷清清"的心境如同图画一般呈现出来。清人方玉润《诗经原始》眉评："傍晚怀人，真情真境，描写如画。晋、唐人田家诸诗，恐无此真实自然。"这是十分精当的评论。第二章是对第一章的复沓，末句改为"君子于役，苟无饥渴"，写思妇由盼归无望退而为丈夫祈祷，关心丈夫、体贴男人的贤妻形象跃然纸上。

丈夫在哪儿呢？"君子于役"，而且"不知其期""不日不月"。频繁的战争，无休止的徭役，给平民百姓带来了深重的灾难。单说当时与王畿有关的战争徭役，前后就有桓王二年的虢（guó）公伐晋，桓王十三年的兴兵伐郑，惠王二年的被燕、卫所伐，襄王三年的太叔带召戎内侵，以及襄王十六年的太叔带二次作乱，周襄王的被逐外逃等等。一句话，社会动荡，战乱搅得百姓不得安宁。这段史实最终被浓缩在诗中的成语"不日不月"上，原意是指不计日月，没有期限，在本诗中充分反映了春秋时期王权旁落、诸侯争霸、连年征伐、民不聊生的局面。

这首短诗的艺术技巧也非常高超。诗人巧妙地运用白描、对比、烘托等手法，创造日落黄昏的典型环境，同思妇孤寂、思念、期盼、忧愁的情思融合在一起，是情景交融的范例诗篇，开创了闺怨诗的先河。

思考讨论

找一找，诗中有哪些农村日常生活的细节描写？这些细节描写对表达思妇的内心情感有何作用？

王风·采葛

彼采葛兮,一日不见,
如三月兮。

彼采萧兮[1],一日不见,
如三秋兮[2]。

彼采艾兮[3],一日不见,
如三岁兮。

注释

[1]萧:植物,蒿类,有香气,古人采它用于祭祀。 [2]三秋:三个季节,九个月,并非指三年。 [3]艾:植物名,制成艾绒可以灸病。

译文

那位姑娘采葛藤,只有一天没见着,
好像相隔三月整。

那位姑娘去采蒿,只有一天没见到,
如隔三秋受煎熬。

那位姑娘去采艾,只有一天没见面,
如隔三年真难挨。

赏析

《采葛》是一首情感真挚的恋歌。描写一位青年男子对一位正在采葛、采萧、采艾姑娘的无限思恋。

全诗共三章,每章三句,只换了六个字,反复咏叹,层层递进,便把男子的内心世界清清楚楚地展现于读者面前,读来备感缠绵悱恻。诗中的男子大概正处于热恋之中,对于离别特别敏感、特别难受。哪怕是极为短暂的"一日不见",在感觉上却是十分的漫长。诗人用极度夸张的手法,说一日不见,"如三月兮""如三秋兮""如三岁兮",三个夸张式的比喻表达了男子对姑娘热切的相思之情。语言清新隽永,抒情直率而又细腻,于平淡中显深长。后来这几句诗演变为成语"一日三秋"或熟语"一日不见,如隔三秋"。意思是"一天不见,就像过了三个季节一样",比喻思念之深切,它的使用频率很高,从古至今为人们广泛运用。

恋爱中的人们都希望能朝夕相处,耳鬓厮磨,甚至是短时的分别,也会产生时间错觉,觉得时间过得特别慢,这是人类共同的心理特征。《采葛》巧妙地抓住这个特征,准确地揭示了这种人所共有的心理现象。千百年来,它拨动着无数恋爱男女的情感心弦,所以,虽然篇幅短小,却成为《诗经》中最优秀的篇章之一。

思考讨论

诗人是如何刻画青年男子心理活动的?

郑风·将仲子

将仲子兮[1],无逾我里[2],
无折我树杞[3]。
岂敢爱之[4],畏我父母。
仲可怀也,父母之言,
亦可畏也!

将仲子兮,无逾我墙,
无折我树桑。
岂敢爱之,畏我诸兄。
仲可怀也,诸兄之言,
亦可畏也!

将仲子兮,无逾我园,
无折我树檀[5]。

岂敢爱之,畏人之多言。
仲可怀也,人之多言,
亦可畏也!

注释

[1]将(qiāng):请。仲子:男子的字,兄弟排行第二称"仲",犹言"老二"。　[2]踰(yú)里:翻越里墙。踰:翻越。里:上古时二十五家所居为一里。　[3]折:弄断。杞(qǐ):木名,柳树的一种。　[4]爱:惜,这里指舍不得。之:指树。　[5]檀(tán):木名,常绿乔木。

译文

小二哥呀听我讲,不要翻越我院墙,
别把杞树来压伤。
并非爱惜这些树,我怕爹娘要责骂。
小二哥呀我记挂,我怕爹娘说闲话,
想想心里好害怕!

小二哥呀听我讲,不要翻越我围墙,
别把桑树来压伤。
并非爱惜这些树,我怕兄长要责骂。
小二哥呀我记挂,我怕兄长说闲话,
想想心里好害怕!

小二哥呀听我讲,不要翻越我园墙,
别把檀树来压伤。
并非爱惜这些树,我怕别人要责骂。
小二哥呀我记挂,我怕别人说闲话,
想想心里好害怕!

赏析

《将仲子》是一首爱情诗,全诗共三章,每章八句,描写一位恋爱中的少女在不得已的情况下,劝告自己的心上人不要翻墙越院来与她幽会。

诗中的男子仲子,是一个大胆、热情、情感真挚的青年。他爱上了一位少女,明知私相交往会遭人责骂,却还是不畏人言、不避风险,用攀树跳墙等越规方式去约会,足见热恋程度之深。而少女呢?因为害怕父母兄长知道了要责骂她,害怕旁人知道了要起闲言碎语,希望男子不要来了。虽然屈服于舆论压力,但内心的矛盾使她欲拒不忍,于是委婉地向仲子倾诉自己的苦衷。诗中描写的这对青年男女互相爱慕,本是十分美好的爱情故事,却被满脑子理学思想的朱熹在《诗经集注》中借他人之口斥之为淫奔之诗:"莆田郑氏曰此淫奔者之辞。"倒是清人姚际恒的《诗经通论》说得中肯:"女子为此婉转之辞以谢男子,而以父母诸兄及人言为可畏,大有廉耻,又岂得为淫者哉!"算是对朱熹的有力批驳,还原了诗人本来的创作宗旨。

从这首诗可以看出,当时的青年男女,尤其是女子在婚姻爱情方面受到了来自家庭和社会舆论、社会文化的限制,已经不能公开、自由地谈恋爱了。反映了春秋时代的男女交往逐渐趋于森严,礼教文化已经在社会上逐步形成。封建礼教的束缚使得女子失去了自由恋爱、婚姻自主的权力。然而,缺乏人性的礼教是永远压不住爱情火花的。诗中女子对仲子的一切表白,并非是退缩,而是希望他另想办法,更智慧地妥善处理好这事。李山教授在《野性婚恋诗篇中的生命精神》一文中说得好:"爱的心灵并未因来自社会的沉重压力而畏缩,它变得更加足智多谋了。后世一切文学中'走私'的爱情,都可以在这里找到自己的女祖。"

这首诗用少女第一人称的口吻来写,采用内心独白式的情语,生动地展示了其内心激烈的矛盾冲突:一方面她想遵照父母的教诲和社会风俗习惯,循规蹈矩,恪守礼教;另一方面又情不自禁地思念恋人,希望和他在一起,结为连理。她知道那个小伙子在夜色中以非常规的方式向她逼近,心中既激动,又担忧。激动的是马上能见到心上人了,担忧的是怕被父母、兄长、闲人发觉。因此,言不由衷地发出恳求,请小伙子不要来。这种理性与情感的冲突表现得十分逼真,这也是这首诗最有特色的动人之处。

思考讨论

这首诗用第一人称描写,生动地展现了少女内心激烈的矛盾冲突,试析诗人是如何表现这种理性与情感冲突的。

郑风·风雨

风雨凄凄[1],鸡鸣喈喈[2]。
既见君子,云胡不夷[3]?

风雨潇潇[4],鸡鸣胶胶[5]。
既见君子,云胡不瘳[6]?

风雨如晦[7],鸡鸣不已。
既见君子,云胡不喜?

注释

[1]凄凄:寒凉之意。　[2]喈(jiē)喈:鸡鸣声。[3]云:句首语助词。夷:平,这里指心境平静。　[4]潇潇:形容风雨急骤。　[5]胶胶:鸡鸣声。　[6]瘳(chōu):病愈。[7]如晦:指昏暗如夜晚。晦:昏暗。

译文

风凄凄呀雨凄凄,雄鸡不住喔喔啼。
已见丈夫回家来,还有什么不如意?

风潇潇呀雨潇潇,雄鸡不住喔喔叫。
已见丈夫回家来,还有什么病不消?

风雨交加多昏暗,雄鸡喔喔叫不断。
已见丈夫回家来,还有什么不欢喜?

赏析

《风雨》是一首风雨怀人的名作。描写一位女子在一个夜色沉沉、风雨交加、鸡鸣不已的晚上,正在孤寂地思念着她的君子。这时,朝思暮想的君子突然出现在她面前,使她惊喜不已,展现了她与君子重逢后由悲转喜的瞬间心理变化。

诗中的"君子"是谁?历来说法不一。大约有三种代表性解释。一是"乱世思君"说。《毛诗序》说:"《风雨》,思君子也。乱世则思君子,不改其度焉。"可见,这个"君子"是指德高节贞之君子。二是"夫妻重逢"说。程俊英《诗经译注》说:"这是一首写妻子和丈夫久别重逢的诗歌。"这个"君子"是指丈夫。三是"喜见情人"说。金启华《诗经全译》说:"情人相见的欢乐。"这个"君子"便变成情人了。似乎都有道理,真是应了"诗无达诂"这句话。陈子展《诗经直解》有按语:"《风雨》,怀人之诗。诗人于风雨之夜,怀念君子。既而见之,喜极而作。诗人与君子有何关系?君子为何等人?诗所未言,殊难猜测。"读者自可细细揣摩诗中语气而断之。不过,从风雨之夜,君子突然造访,或说突然归来,当以"夫妻重逢"说最合常理。但是,本诗的旨意在千百年来的文化积淀下,于人们心目中已形成了典故式的意象,后世很多气节之士在身处

"风雨如晦"之境时,常以"鸡鸣不已"自励。

全诗共三章,每章四句。首章以风雨凄凄的景物起兴,营造出一种孤寂凄苦的氛围,以此烘托女子对君子的相思之苦,同时也反衬女子见到君子后的喜出望外。第二、三章是对第一章的复沓,但程度加深,之前因相思引起的忧郁积疴顿时烟消云散,欣喜若狂。

每章的前两句是写景,"风雨"是所见,"鸡鸣"是所闻,视觉、听觉交织在一起,描绘了一幅风雨飘零、凄清寒冷的鸡声啼叫图。"风雨凄凄""风雨潇潇""风雨如晦"三个词语现在都是成语。"风雨凄凄"指风雨寒冷且凄凉,后世将其引申为某种政治形势;"风雨潇潇"意思是风雨昏暗而猛烈;"风雨如晦"指刮风下雨,天色暗得像黑夜一样,后用来形容政治黑暗、社会不安。这三个词都以风雨的环境起兴,不仅描写了天气状况,而且反衬了女子见到君子后的喜悦心情,是独具匠心的写作手法。每章的后两句是抒情,"云胡不夷""云胡不瘳""云胡不喜"三句写出了女子突见君子后,心绪从烦乱不平到病容顿消、无限欢喜的变化过程。前后四句,写景和抒情有机地融合在一起,景中寓情,情中有景,水乳交融。清人方玉润在《诗经原始》中评论说:"此诗人善于言情,又善于即景以抒怀,故为千秋绝调也。"这是对本诗情景交融特色的最高褒奖。

思考讨论

诗人是如何展现女子与君子重逢后由悲转喜的心理变化的?本诗是怎样实现写景抒情有机交融的?

郑风·子衿

青青子衿[1],悠悠我心[2]。
纵我不往,子宁不嗣音[3]?

青青子佩[4],悠悠我思。
纵我不往,子宁不来?

挑兮达兮[5],在城阙兮[6]!
一日不见,如三月兮!

注释

[1]子:指诗中女子的意中人。衿:衣领。 [2]悠悠:忧思不断的样子。 [3]宁不:何不。宁:难道。嗣(yí)音:寄音讯。嗣:寄。音:信息。 [4]佩:佩玉的带。 [5]挑、达(tà):独自来回走着的样子。 [6]城阙:城门两边的观楼,是男女惯常幽会的地方。

译文

你那衣领色青青,常常萦绕我心境。
纵然我没去找你,为何不给我音讯?

你那佩带色青青,我心思念总不停。
纵然我没去找你,为何不来多扫兴?

走来走去独徘徊,城门楼上久久等!
只有一天不见他,好像相隔三月整!

赏析

《子衿》是一首女子所唱的优美恋歌。女子在城阙上焦急地等候男子,可是,左等右等不见他来,只好不停地徘徊,一天不见面就像隔了三个月似的。

全诗共三章,每章四句。首章以倒叙手法开场,直接写女子眼前浮现出男子的"衿"。"衿"是古代男子上衣的相交衣领,"青青子衿"是说男子的衣领是青色的,实际是一种借代手法,以恋人的衣服来借代恋人。对男子的衣领印象深刻,念念不忘,足见女子相思程度之深。剪不断的相思之情油然而见,于是抱怨恋人一别之后杳无音讯。第二章是第一章的复沓,只变换了四个字,把寄托相思之物的"衣领"换成了"佩玉",反复吟唱,缠绵悱恻。第三章写女子在城楼上徘徊,"挑""达"两字写女子的动作,在楼上独自来回地走着,实际是以动作刻画人物的心情,望眼欲穿而恋人踪影全无,让人焦灼万分,顿生一日三秋之感,表现了女子十分强烈的思念之情。"青青子衿,悠悠我心"是千古名句,初读给人的感觉淡淡的,然而越读觉得味越浓。格调高雅,语韵悠长,是极美的诗歌意象,让人久久难忘。

《诗经》时代的男女在婚前是可以相互交往的,而且有很大的自由度。诗中讲到了男女约会的地点是在城阙,即城门两边的观楼,也叫角楼。《诗经》中还提到很多男女惯常幽会的地方。如《邶风·静女》中"俟我于城隅",描写静女与其恋人在城墙边相会;《郑风·溱洧》写郑国三月上巳(sì)节,男女在溱水、洧水边上欢聚;《陈风》中的《东门之枌》《东门之池》《东门之杨》和《郑风》中《出其东门》《东门之》,都讲到"东门",这也是当时男女聚会之处;《鄘风·桑中》的男女在桑林中祭祀的地方相会。有的甚至可以在家里相会,如《齐风·东方之日》:"彼姝者子,在我室兮。在我室兮,履我即兮。"从上述数例诗句来看,男女的交往聚会大多在幽僻之处,而且这种交往是非常自由的,这是上古婚恋的一个显著特点。

　　"青青子佩"一句还透露了古人的佩玉习俗。玉是古人最重要的佩饰,《礼记·玉藻》称"古之君子必佩玉",又说"君子无故玉不去身""故君子在车则闻鸾和之声,行则鸣佩玉"。从《诗经》的记载和考古发现中可以了解,商周时期的玉饰有头饰、发饰、颈饰、腰饰等,种类繁多,佩玉已见出规模化和系列化的倾向。《卫风·淇奥》中的"会弁如星"讲的是镶玉的帽饰,"充耳琇莹"讲的是玉制的耳饰;《鄘风·君子偕老》中"君子偕老,副笄六珈"形象描述的是玉做的发饰;《大雅·公刘》中的"维玉及瑶,鞞琫容刀"是玉做的腰饰。《卫风·木瓜》中提到了"琼琚""琼瑶""琼玖"等珍贵的佩玉;《郑风·女曰鸡鸣》中的"杂佩",则包括珩、璜、瑀、琚、冲牙之类的佩玉。佩玉不仅可以美化自身形象,而且可以标志人的身份等级,显示其高雅的情趣,特殊情况下还可以解佩相赠,表达感情。

思考讨论

诗人是如何刻画女子在约会时焦急、徘徊的心理活动的?

齐风·东方未明

东方未明,颠倒衣裳[1]。
颠之倒之[2],自公召之[3]。

东方未晞[4],颠倒裳衣。
倒之颠之,自公令之。

折柳樊圃[5],狂夫瞿瞿[6]。
不能辰夜[7],不夙则莫[8]。

注释

[1]衣裳:上衣叫"衣",下衣叫"裳"。　　[2]之:指衣裳。
[3]自:从。召:召唤。　　[4]晞(xī):太阳将出、破晓。
[5]樊(fán):篱笆,这里作动词,编篱笆。圃:菜园。　　[6]狂夫:监工的人。瞿(jù)瞿:瞪着双眼看的样子。　　[7]辰夜:伺夜,即守夜。　　[8]莫(mù):同"暮",晚。

译文

东方没有一点亮,颠颠倒倒穿衣裳。
为啥颠倒穿衣裳,公爷召唤太匆忙。

东方无光天没亮,颠颠倒倒穿衣裳。
为啥颠倒穿衣裳,公爷命令太匆忙。

砍下柳条编栅栏,监工瞪着双眼看。
不分白天和黑夜,早出晚归没命干。

赏析

《东方未明》是一首劳苦者的怨诗,反映了劳动者对繁重劳役的怨愤之情。

全诗共三章,每章四句。首章写劳动者听到"公爷"紧急召唤时的慌乱情形。因为天色未明,所以黑暗之中乱作一团,把衣裳穿颠倒了。古人的"衣裳"不同于现代汉语中的衣服。许嘉璐先生在《中国古代衣食住行》中说:"当衣与裳并举时,衣指上衣。"当时一般人,包括奴仆穿的上衣叫"襦",有钱有地位的贵族穿的上衣叫"深衣"。"襦"是短上衣,大约便于劳作;而"深衣"则长至踝部。"裳"呢?《说文解字》认为"裳"是"常"的异体字,"常"指下裙。"裳""常"两字互训,说明"裳"就是裙。"颠倒衣裳"是说把上衣和下裙穿反了。现在"颠倒衣裳"已经变为一个成语,形容因匆忙而乱了顺序。这看似极富戏剧性的一幕,在其背后却饱含着泪水和悲愤,底层劳动者应有的睡觉时间都给剥夺了。这是劳苦者长期遭受残酷剥削,不得已没日没夜劳作的见证。尽管天还未明,而"公爷"的一声吆喝,没有人敢稍有怠慢。这与《半夜鸡叫》里的周扒皮半夜学鸡叫催促农民下地干活的故事简直如出一辙。

第二章是对第一章的复沓,只更换了两个字,"颠""倒"位置互换,反复吟唱,再次渲染了在特定时间、特定环境中劳苦者的慌乱情形,足见"公爷"的召令弄得大家无法安生。

第三章写劳苦者在统治者的爪牙"狂夫"的凶恶监视下辛苦地劳作。"狂夫瞿瞿"四字,则将恶吏们虎视眈眈、骄横凶悍的形象刻画得入木三分。可以设想,劳苦者只要动作稍慢,便会遭到呵斥和藤鞭加身,这是何等悲苦的日子。

诗人以精练的语言,成功塑造了典型环境中两组对立阶级的典型形象。一方面是底层劳动者被迫劳作的悲惨场面,另一方面是监工们瞪着双眼的监视特写。两组细节描写和人物形象的对比,增强了诗歌的表现力,深刻揭示了沉重的劳役给人民带来的苦难,也有力地揭露了统治者贪婪无道、不顾人民死活的凶残本质。

思考讨论

诗中是如何渲染劳苦者听到呼唤时的紧张氛围的?

齐风·卢令

卢令令[1],其人美且仁[2]。

卢重环[3],其人美且鬈[4]。

卢重鋂[5],其人美且偲[6]。

注释

[1]卢:黑毛猎犬。令(líng)令:象声词,狗颈上套环的声响。 [2]人:猎人。仁:仁厚,和善。 [3]重(chóng)环:子母环,大环上套一个小环。 [4]鬈(quán):通"權",勇敢。 [5]重鋂(méi):一个大环上套着两个小环。 [6]偲(cāi):多才。

译文

猎狗颈环铃铃响,猎人漂亮又仁厚。

猎狗颈上环套环,猎人英俊又勇敢。

猎狗颈上套双环,猎人英武有才干。

赏析

《卢令》是一首极为短小的诗歌,全诗三章,共二十四个字,描写一位猎人带着他的猎犬出去打猎,反复赞美猎人的英俊、仁厚、勇敢和能干。

全诗共三章,每章仅两句,这在《诗经》中是比较少见的。每章的第一句写狗。诗人没有具体描写猎犬的外形,而是从猎犬脖子上的铃铛写起。"令令"描摹声音,写猎犬奔走时脖子上的项圈叮当作响。继写"重环",即狗脖子上的子母环,猎犬飞奔时,子母环声响大作,仿佛是猎犬要在猎人跟前大展身手。末章写狗脖颈上的"重","重"通常解释为一大环贯二小环,即一个大环上穿了两个小环。也有学者提出不同见解,精于《诗经》名物考据的扬之水先生在《驷马车中的诗思》中说:"即各式各样制作精巧的小铜管、小铜泡。铜泡以圆者为多,一面铸出花纹图案,一面有鼻儿,缀在皮革上,多用于马具,又或者作成田犬颈上的项圈。一枚铜环的上面缀了两行,便是重。"并举河北平山中山王墓出土的一对狗项圈作证,可备一说。"令令""重环""重"三个词,或摹声,或状形,突出了猎犬的健壮形象,仿佛使人看到猎犬奔跑的身影,仿佛使人听到猎犬颈中项圈的叮当声响,侧面烘托了狩猎时欢快、热闹的氛围。

每章的第二句笔触由犬转到人。"美且仁""美且鬈""美且偲"三句先写外美,再写内美。先夸赞猎人的英姿,矫健雄壮,相貌堂堂,颇有威严。然后,夸赞猎人仁厚、勇敢和才干。内外兼美,层次递进,丝丝入扣,形象丰满。每章的两句之间,猎人的形象与猎狗的形象,相互映衬,相得益彰,赞美之情溢于言表。

《毛诗序》说:"《卢令》,刺荒也。襄公好田猎,毕弋而不修民事,百姓苦之,故陈古以风焉。"襄公好田猎,史有所载。但是,从本诗的内容看,实在找不到与"刺襄公"的"刺"相关的信息,唯田猎之事倒是千真万确存在的。打猎是古代农牧社会崇尚的一种风俗,既可获得生活物资,又能强健体魄、保家卫国。这首诗在一定程度上反映了春秋时代人们好田猎的习俗。这种风俗除本篇外,还在《驺虞》《叔于田》《大叔于田》《还》等诗篇中有所反映。

诗中还透露了古人的捕猎方式。上古时代人们常常采用"田车围猎""弓矢猎杀""网罟捕猎""焚林驱兽"等方式捕猎。本诗中的猎人采取的是用犬追猎的方式,也是《诗经》时代常用的狩猎方式。《小雅·巧言》中提到"遇犬"一词。有人说"遇犬"就是调教好了的猎犬,有人说"遇犬"是一种产于殷地的体型庞大的良种狗。"跃跃毚兔,遇犬获之",足见其本领高强,狡兔在它面前也只能束手就擒。陈朝鲜在《〈诗经〉中的狩猎文化研究》一文中说:"现今的陕西关中大地上,也还有一种嘴细长、腿细长、腰身细长的猎狗,习惯被称为'陕西细狗'……这是一种靠速度猎取的品种,嗅觉相对较差。至于'歇骄'这种短嘴巴狗,应该是以嗅觉搜寻追踪的品种……由此看来,在那个时代,人们已充分利用功能不同的犬种,优势互补,来进行狩猎了。"考证了《秦风·驷驖》中提及的长嘴猎狗和短嘴猎狗"歇骄"的各自优点,说明早在《诗经》时代,人们已经能够根据不同的犬种特点,让其在狩猎活动中发挥不同的用处了。

🌸 思考讨论

诗人是如何在一首简短的小诗中同时塑造猎狗和猎人两个完美的艺术形象的？

齐风·猗嗟

猗嗟昌兮[1]！颀而长兮[2]！
抑若扬兮[3]！美目扬兮[4]！
巧趋跄兮[5]！射则臧兮[6]！

猗嗟名兮[7]！美目清兮[8]！
仪既成兮[9]！终日射侯[10]，
不出正兮[11]！展我甥兮[12]！

猗嗟娈兮[13]！清扬婉兮[14]！
舞则选兮[15]！射则贯兮[16]！
四矢反兮[17]！以御乱兮[18]！

🖋 注释

[1]猗嗟：即"吁嗟"，赞叹声。昌：壮盛美好的样子。

[2]颀:身长的样子。　　[3]抑:通"懿",美好。扬:额头丰满。
[4]扬:张开眼睛的样子。　　[5]趋跄(qiàng):快步从容而又合节拍、有节奏之态。这句话赞美射手舞姿巧妙。趋:小步快走。跄:舞姿。　　[6]则:法则。臧(zāng):善,好,熟练。
[7]名:同"明",昌盛。　　[8]清:眼睛黑白分明叫"清"。
[9]仪:射仪,指射手在射箭前先表演射法的各种姿态。成:完备。
[10]侯:射布,箭靶。　　[11]正:靶心。　　[12]展:诚,确实。甥:指射箭的少年。　　[13]娈(luán):美好。　　[14]清扬婉兮:眉清目秀。　　[15]选:整齐。　　[16]贯:射中,穿透。
[17]反:反复射中一个地方。　　[18]御:抵抗,抵御。

译文

啊呀长得真健壮啊！身材高大而修长啊！
脸蛋漂亮额宽广啊！眼睛张望光亮亮啊！
舞姿优美多矫健啊！射艺高强多熟练啊！

啊呀长得真英俊啊！美目如水多明朗啊！
仪式准备已完成啊！挽弓射箭一天整啊，
箭中靶心射得正啊！真是我的好外甥啊！

啊呀长得真美好啊！眉清目秀光亮亮啊！
舞姿翩翩多齐整啊！箭箭射透靶中心啊！
四箭连中一个点啊！足以御敌平叛乱啊！

赏析

《猗嗟》是一首赞美少年射手健美英俊、射技高超的诗歌。

全诗共三章,每章六句。首章赞美少年射手相貌英俊,风度翩翩,擅长射箭。次章描写少年射手的射技高超,百发百中,并点明作者与射手的关系。末章进一步描写少年射手的本领高强,称赞他可以成为保卫国家的栋梁之才。

全诗以铺叙手法反复描写少年射手。每章的内容分为两个部分:一是赞美射手形象之美;二是赞美射手射技之高。少年射手身材高大、面容英俊,诗人重点刻画其眼部特征。"美目扬兮""美目清兮""清扬婉兮"三句写出了他目光明亮、炯炯有神的神态特点,是《诗经》中的名句。"巧趋跄兮""舞则选兮"两句则写出了少年射手步履轻快,动作敏捷、优美的身手特点。因为具备了优秀射手必备的身体素质——眼睛有神、身手矫健,所以少年射手射技非凡。"射则臧兮"总括其射技精良;"终日射侯"赞美其勤学苦练;"不出正兮""射则贯兮"赞其百发百中;"四矢反兮"言其射技高超。各章均以叹词"猗嗟"起笔,具有先声夺人的艺术效果,对射手的形象起到了渲染烘托的作用。而每句的结尾均用"兮"字作结,语气悠长,充分体现了诗人对少年射手的由衷赞叹。

这位少年射手是谁?人们常从第二章的"展我甥兮"一句进行推测,关键是如何理解"甥"字的意思。大致有着三种解释:第一,"甥"是相对于舅舅的称呼。《毛诗正义》说:"外孙曰甥。"郑笺云:"姊妹之子曰甥。"所以,《毛诗序》说:"《猗嗟》,刺鲁庄公也。齐人伤鲁庄公有威仪技艺,然而不能以礼防闲其母,失子之道,人以为齐侯之子焉。"说鲁庄公与齐襄公是甥舅关系。但是,从诗中的内容看,并未提到鲁庄公和齐襄公的确切信息,只能视为旧说。第二,"甥"是夫君。古代女子称夫为婿。《韵会》:"女之婿为甥。"第三,《诗经稗疏》说:"古者盖呼妹婿为甥。"孔疏则云:"凡异族之亲皆称甥。"照这样讲,"甥"是一种泛称了。因此,仅从"展我甥兮"一句,是不能确定这个"甥"和"我"是何关系,只能说,这个"甥"就是一位少年射手。

诗中的"仪既成兮"一句还提及上古时代的"射礼"。"射礼"的起源很古老,学者扬之水在《诗经名物新证》中说:"最初大约意在教练武艺,但这制度的完善当在西周,即与封建之制同步,并且这时候很可能'文教'已经重于'武教'。它把燕饮与竞技融而为一,于是成为欢愉和谐中的'不争'……""射礼"一般分四类:大射、宾射、燕射、乡射。四类射礼的程序基本相同,都以燕礼为开端。宾射、燕射、乡射未必燕者人人参射,而大射则人人参加。因为大射这种射礼,是天子分封诸侯、赏罚官爵的仪式之一。《礼记·射义》中记载:"故天子之大射,谓之射侯,射侯者,射为诸侯也。射中则得为诸侯,射不中则不得为诸侯。"又说:"天子将祭,必先习射于泽……射中者得与于祭,不中者不得与于祭。不得与于祭者有让,削以地;得与于祭者有庆,益以地。进爵绌地是也。"既然与加官晋爵相关,自然是人人愿意参加了。从本诗的末句"以御乱兮"看,如果这位少年射手参加的是大射,那么他肯定会得到天子的封赏,成为保家卫国的一方将领乃至诸侯。

思考讨论

读了这首诗,你的眼前出现了一位怎样的少年射手?

魏风·十亩之间

十亩之间兮[1],桑者闲闲兮[2]。
行与子还兮[3]!

十亩之外兮,桑者泄泄兮[4]。
行与子逝兮[5]!

青园图　沈周　明代

注释

[1]十亩:举整数,不是确数。之间:古代种桑多在房舍的墙

边或空地上。　　[2]桑者:采桑的人,多由妇女担任,当是采桑女。闲闲:宽闲,悠闲,从容不迫的样子。　　[3]行:且,将要。子:你。　　[4]泄(yì):和乐,融洽;一说人多的样子。　　[5]逝:往,回去。

译文

十亩田间是桑园,采桑姑娘多悠闲。
走呀与你把家还!

十亩田外是桑林,采桑姑娘一群群。
走呀与你把家回!

赏析

　　《十亩之间》是一首采桑女之歌,描写一群采桑女结束一天的劳动之后,三五成群、轻松悠闲地结伴同归的场面,描写了采桑女轻松愉快的劳动心情。

　　全诗短小,仅两章六句,以白描手法描绘了一幅采桑晚归图:夕阳西下,落日的余晖洒在桑林间。采桑女用歌声招呼同伴收工回家。她们一边唱着歌,一边走在桑林之间的小路上,结伴而行,颇具乡野风光,使人如临春日之桑园。每句句尾都有一个"兮"字,拖长了语调,表现出一种舒缓的节奏和韵律,字里行间流露着采桑女轻松愉快的生活情调。

　　历代学者对本诗的见解颇有差异。主要有《毛诗序》的"刺时"说、宋代苏辙的"偕友归隐"说、清人方玉润的"夫妇偕隐"说、现代人的"情侣恋歌"说等。这些解读或立足政治,或凭空臆测,或误读文句,都不是基于诗歌内容的阐述。唯著名学者陈子展在《诗经直解》中说:"《十亩之间》,采桑者之歌。妇女采桑,且劳且歌,自是《韩说》'劳者歌其事'之一例。采自歌谣,于以见其热爱劳动与乐群生活之外,实无深义。"应当说,这是十分中肯的评价。

本诗对采桑女的描写,反映了我国悠久的蚕桑文化。种桑养蚕,相传是黄帝之妻嫘(léi)祖发明的,自古以来就是我国农耕文化的一个重要门类,是古代农业的重要支柱。《礼记》说:"后妃齐戒,亲东乡躬桑,禁妇女毋观,省妇使,以劝蚕事。"记载了统治者通过亲躬的方式来督促蚕桑业。由于统治者大力提倡农桑,所以商周时期种桑养蚕已遍及黄河流域的广大地区。西周时期,桑树的栽培有了进一步发展,人们不但利用房前屋后的空地种植桑树,还有专门的桑田。《诗经》中的《郑风·将仲子》《鄘风·定之方中》《鄘风·桑中》《魏风·十亩之间》《大雅·桑柔》等篇,都提到了规模较大的桑田。桑田规模大,说明蚕已在室内饲养。因为室内养蚕需要采桑,大规模的养蚕,必有大规模的种桑,所以说:"十亩之间兮,桑者闲闲兮。"由于蚕桑业的高度发达,我国的纺织技术领先于世界数千年。西汉时期还开辟了举世闻名的"丝绸之路"。安史之乱后,随着我国经济重心的南移,种桑养蚕也随之南移。南方的蚕桑业无论是产量还是技术,都比北方先进了。

应该说,中国古人对桑树是有特殊感情的,常在家屋旁栽种桑树。如《小雅·小弁》中有句"维桑与梓,必亲敬止",就是说家乡的桑树和梓树是父母种的,要对它表示敬意。因此,后人用"桑梓"比喻故乡,以"桑梓之情"表达自己对家乡、对父老乡亲的深厚感情。

思考讨论

《十亩之间》和《芣苢》都是描写劳动场景的,试比较它们在思想内容和艺术风格上的异同。

魏风·伐檀

坎坎伐檀兮[1],寘之河之干兮[2],
河水清且涟猗[3]。
不稼不穑[4],胡取禾三百廛兮[5]?
不狩不猎[6],胡瞻尔庭有县貆兮[7]?
彼君子兮[8],不素餐兮[9]!

坎坎伐辐兮[10],寘之河之侧兮,
河水清且直猗[11]。
不稼不穑,胡取禾三百亿兮[12]?
不狩不猎,胡瞻尔庭有县特兮[13]?
彼君子兮,不素食兮!

坎坎伐轮兮[14],寘之河之漘兮[15],
河水清且沦猗[16]。
不稼不穑,胡取禾三百囷兮[17]?
不狩不猎,胡瞻尔庭有县鹑兮[18]?
彼君子兮,不素飧兮[19]!

注释

[1]坎坎:伐木声。檀:青檀树,木坚硬,可作车料。
[2]寘:同"置",放置。干:岸,水边。　　[3]涟:同"澜",大波浪。猗:同"兮",语气助词。　　[4]稼(jià):耕种。穑(sè):收获。
[5]禾:谷物。三百:言其多,非确数。廛(chán):通"缠",束,捆。
[6]狩:冬天打猎叫"狩"。猎:夜里打猎叫"猎"。诗中泛指打猎。
[7]尔:你。此处指不劳而获的剥削者、寄生阶层。庭:院子。县:通"悬",挂着。貆(huān):猪獾。　　[8]君子:诗人理想中的正面人物,有德有才之人。　　[9]素餐:白吃饭,不劳而获。
[10]伐辐:伐取制辐的木材,承上"伐檀"而言,下章"伐轮"同此。辐:车轮中的直木。　　[11]直:直波。　　[12]亿:周代以十万为亿,指禾把的数目。　　[13]特:三岁的兽。　　[14]轮:车轮。此处指伐檀木为轮。　　[15]漘(chún):河岸。
[16]沦:微波,小波纹。　　[17]囷(qūn):束。　　[18]鹑(chún):鸟名,即鹌鹑。一说为雕。　　[19]飧(sūn):熟食。

译文

砍伐檀树声坎坎啊,把它放在河两岸啊,
河水清清起波浪呦。
你不耕种不收割,为啥取禾千万束?
你不捕兽不围猎,为啥院里猪獾挂?
唯有那有德君子,才不白白吃闲饭!

砍伐檀树做车辐啊,放在河边堆一处啊,
河水清清起波浪呦。
你不耕种不收割,为啥取禾千万捆?
你不捕兽不围猎,为啥院里大兽挂?
唯有那有德君子,才不白白吃闲饭!

砍伐檀树做车轮啊,把它放在河两岸啊,
河水清清起波纹呦。
你不耕种不收割,为啥取禾千万束?
你不捕兽不围猎,为啥院里鹌鹑挂?
唯有那有德君子,才不白白吃闲饭!

赏析

《伐檀》是《诗经》中的名篇,描写一群工匠在河边伐木造车时,唱起了劳动即兴歌,表达了劳动人民对不稼不穑、不狩不猎的寄生阶层不劳而获、坐享其成的丑恶行径的愤慨和憎恶,是《诗经》中斗争性最为强烈的一首现实主义作品。

全诗共三章,每章九句。每章开始写劳动者在河边伐檀造车,艰苦劳动,以风吹河水泛起的"涟猗""直猗""沦猗"起兴,写劳动者内心不平的波澜,使他们由伐檀造车联想到还要替寄生阶层稼穑、打猎;联想到寄生阶层不劳而获却占有大量财富。他们心中极为不平,怨恨之情油然而生,于是义愤填膺地发出一连串的反诘排句:你们"不稼不穑""不狩不猎",胡取禾三百廛兮?胡取禾三百亿兮?胡取禾三百囷兮?胡瞻尔庭有县貆兮?胡瞻尔庭有县特兮?胡瞻尔庭有县鹑兮?这种早在两千多年前发出的严厉质问和尖锐嘲讽是非常难能可贵的。句中的"不稼不穑"指寄生者不种、不收庄稼,不参加任何劳动,后来成为成语,泛指不参加农业生产劳动。

每章的前三句写伐木者的劳动生活;次四句写对寄生者的责问,讽刺其寄生本质;末二句言唯有有德有才的君子才不白白吃闲饭,与寄生者形成鲜明对比。三章重章复沓,只变换几个词语,反复吟唱,大大增强了诗作的抒情性,深刻地揭露了剥削制度的不合理现象:劳动者苦服劳役,寄生者不劳而获,反映了劳动人民强烈的反抗意识和斗争精神。《毛诗序》说:"《伐檀》,刺贪也。在位贪鄙,无功而受禄。"可谓点到实处。

由于表达强烈感情的需要,这首诗打破了《诗经》中常见的四言句式,句子长短不一,除了四言句式外,还有五言、六言、七言、八言的句式,形成了参差错落的杂言体裁,创造了新的诗歌形式,成为我国杂言诗的滥觞。

最后谈谈本诗"君子"的理解。《伐檀》作为《诗经》中的名篇,流传甚广。现代学者对诗中"君子"一词的理解,绝大多数解释为

"反话,指不劳而获的剥削者"。他们认为每章的结尾两句用反语作结,君子"不素餐兮""不素食兮""不素飧兮"是画龙点睛之笔,表达了劳动者对寄生阶层的冷嘲热讽。这几乎成了对"君子"一词的定型解读。当然也有例外,例如,北京大学吴小如教授的解读别具一格。他在《〈诗三百篇〉臆札》一文中引《孟子·尽心上》的话说:"……以此'君子'为诗人理想中之正面人物,意谓惟彼君子乃为不素餐之人也。先秦人读此诗,率皆作如是解。"他认为,诗中的"君子"并非诗人讽刺的对象,诗人对要指斥之对象用指代词"尔",对"君子"用指代词"彼",两者不能混淆。吴教授站在本诗成诗时代的角度,用历史唯物主义的观点来阐述不该作所谓定型解读的三个理由,很是客观,更切合诗的实际意义。他还从文字学、训诂学的角度,详细论述了"胡瞻尔庭有县鹑兮"一句中的"县鹑"当作"县雕",颇有道理,可备一说。

思考讨论

《伐檀》入选中学语文教材,是最为人们熟悉的诗篇之一,它在人物内心活动的刻画和情感描写上有哪些特点呢?

魏风·硕鼠

硕鼠硕鼠[1],无食我黍。
三岁贯女[2],莫我肯顾[3]。

逝将去女[4]，适彼乐土[5]。
乐土乐土，爰得我所[6]。

硕鼠硕鼠，无食我麦。
三岁贯女，莫我肯德[7]。
逝将去女，适彼乐国。
乐国乐国，爰得我直[8]。

硕鼠硕鼠，无食我苗。
三岁贯女，莫我肯劳[9]。
逝将去女，适彼乐郊。
乐郊乐郊，谁之永号[10]！

注释

[1]硕鼠：大老鼠，一说田鼠，专吃田中的粟豆。　　[2]三岁：多年，"三"是虚数。贯：侍奉，供养。　　[3]莫我肯顾："莫肯顾我"的倒文，后文中的"莫我肯德""莫我肯劳"均属倒文。莫：不。顾：顾念，照顾。　　[4]逝：通"誓"，表示坚决之意。去女：离开你。　　[5]适：往，到……去。乐土：没有大老鼠为害，可以安居乐业的地方。下两章"乐国""乐郊"意思相同。　　[6]爰：乃，于是。所：指可以安居之处。　　[7]德：恩惠。　　[8]直：通"职"，处所。一说通"值"，代价。　　[9]劳：慰劳。

[10]永号(háo):长叹,表示痛苦。

译文

大老鼠,大老鼠,不要再吃我的黍。
多年辛苦伺候你,我的生活你不顾。
我要发誓离开你,到那理想新乐土。
新乐土呀新乐土,才是安居好住处。

大老鼠,大老鼠,不要再吃我的麦。
多年辛苦伺候你,不给恩惠把我害。
我要发誓离开你,搬到乐国才痛快。
新乐国呀新乐国,才是安居好所在。

大老鼠,大老鼠,不要再吃我的苗。
多年辛苦伺候你,我的辛苦谁慰劳。
我要发誓离开你,到那理想新乐郊。
新乐郊呀新乐郊,谁还悲叹长号叫!

赏析

《硕鼠》是《诗经》中的名篇,也是一首战斗性很强的民歌,描写农民不堪统治者的残酷剥削,幻想去寻找一个没有剥削、没有压迫的美好国度。

魏国于周惠王十六年(公元前661年)为晋国所灭,所以出于

《魏风》的《硕鼠》应是春秋前期的作品。关于这首诗的创作背景，两本汉代著作均有论述。王符的《潜夫论·班禄》中说："履亩税而《硕鼠》作，赋敛重而谭告通。"桓宽的《盐铁论·取下》中说："及周之末途，德惠塞而嗜欲众，君奢侈而上求多，民困于下，怠于公事。是以有履亩之税，《硕鼠》之诗作也。"所谓"履亩税"，是指原来农民每年要出劳役为公田耕种，私田百亩可不纳税，现在除了服役公田外，自己的私田还要纳实物的十分之一为税。这与公元前594年鲁国宣布的"初税亩"在性质上是一样的。它的推行确立了土地的私有权，从而促进了小农经济的发展。郭沫若认为"履亩税"及"初税亩"是封建制度正式建立的标志。所以，这个时候正处于我国封建社会刚刚开始的时候。本篇中"无食我黍"的"我"不是指奴隶，而是指已经拥有人身自主权和部分土地所有权的自由民。

"履亩税"及"初税亩"的推行，一方面促进了社会形态的变化，另一方面也大大加重了自由民的负担，因此，他们才会从内心发出"无食我黍"的强烈抗议。《毛诗序》说："《硕鼠》，刺重敛也。国人刺其君重敛，蚕食于民。不修其政，贪而畏人，若大鼠也。"这种说法是完全符合诗义的。重敛是一种贪残之政，重敛必定伤农，所以历代明智的统治者都主张轻徭薄赋。当农民不堪统治者的沉重盘剥时，要么铤而走险，揭竿而起；要么遁入山林，幻想寻找没有苛政杂税的理想国土。本诗中的农民显然是选择了后者。

全诗共三章，每章八句。通篇采用借喻手法，在文中隐去被责骂的对象，而用硕鼠来直接喻指替代。这种借喻手法使诗篇既委婉又富有形象，富有感染力。从《毛诗序》看，诗人把贪得无厌的统治者比作又肥又大的老鼠。老鼠贪婪肆虐，丑陋狡黠，破坏性强,是人见人恨的害人精,用它比之贪得无厌、大肆剥削的统治者,是非常贴切的。

诗的开篇直呼统治者为"硕鼠",并发出愤怒的警告"无食我黍",一下子把农民心中积郁的怨愤全部倾泻出来。接着写剥削者的冷酷残忍,"莫我肯顾"一句点出了统治者一点也不关心、体贴农民的辛劳,揭示了尖锐的矛盾,这是一种血泪控诉。在这种情况下,农民决计以逃亡来反抗剥削者,幻想寻找一个没有剥削和压迫的人间乐土。这是理想的乌托邦,实际并不存在,只是农民美好的空想而已。第二、三章是对第一章的复沓,只换了几个字,既是音韵转换的需要,又是内容递进的变化。每章第二句变换的"黍""麦""苗",说明农民的所有粮食都被统治者攫取了;第四句"顾""德""劳"的变换,强调剥削者横征暴敛,对农民毫无怜悯之心;第六句"土""国""郊"的变换,突出了农民对理想国度的热切向往。而反复吟唱的"逝将去女"则标志着农民的觉醒,他们决计要寻找自己的桃花源。诗中的借喻手法和乌托邦思想对后世文学产生了重大影响,晋代陶渊明的《桃花源记》、晚唐曹邺的《官仓鼠》等作品显然是深受其启发之作。

思考讨论

诗中采用借喻手法,对表现本诗的中心思想有何作用?

唐风·蟋蟀

蟋蟀在堂[1],岁聿其莫[2]。
今我不乐,日月其除[3]。
无已大康[4],职思其居[5]。
好乐无荒[6],良士瞿瞿[7]。

蟋蟀在堂,岁聿其逝。
今我不乐,日月其迈[8]。
无已大康,职思其外[9]。
好乐无荒,良士蹶蹶[10]。

蟋蟀在堂,役车其休[11]。
今我不乐,日月其慆[12]。
无已大康,职思其忧[13]。
好乐无荒,良士休休[14]。

注释

[1]在堂:进入堂屋。蟋蟀本在野外,进入堂屋是为了避寒。
[2]聿(yù):同"曰",语助词,"遂""就"的意思。其莫:犹言"将

尽"。　　[3]日月:光阴。除:去。　　[4]已:甚,过度。大(tài)康:安乐。大:同"泰"。　　[5]职:尚,还要。居:所处的职位。　　[6]好(hào):爱好。荒:荒废,废弛。　　[7]瞿(jù)瞿:惊顾的样子,用来表示警惕之意。　　[8]迈:逝去,时光流逝。　　[9]外:自己职务以外的事。　　[10]蹶(guì)蹶:动作敏捷的样子。　　[11]役车:一种安上方箱的车。其休:将要休息,指行役的人当还。　　[12]慆(tāo):逝去。　　[13]忧:可忧的事,指诸侯国之间的战争。　　[14]休休:宽容。

译文

天寒蟋蟀进堂屋,一年时光快要完。
今我不去寻欢乐,光阴一去不复返。
莫要过度太享福,本分工作该勤干。
喜好行乐业不误,贤士警惕记心间。

天寒蟋蟀进堂屋,一年匆匆将过完。
今我不去寻欢乐,光阴一去不再还。
莫要过度太享福,分外工作也要干。
喜好行乐业不误,贤士勤快做模范。

天寒蟋蟀进堂屋,役车将回近年关。
今我不去寻欢乐,光阴一去再不还。
莫要过度太享福,国之忧事别小看。
喜好行乐业不误,贤士无忧心要宽。

赏析

《蟋蟀》为《唐风》第一首,是一首岁末述怀诗。

全诗共三章,每章八句。开头均以蟋蟀起兴,由蟋蟀入堂的岁暮景致,引发光阴易逝、人生短促的感慨,由此而产生及时行乐又当勤勉的念头。应该说,及时行乐是人皆有之的普世思想,如果不以此为人生的唯一追求,而是把它当作生活的一种调剂,则可为生活增添一些乐趣,并无大碍。而诗人又能保持清醒的头脑,告诫自己不能过分行乐,不能过度放纵,当以良士为楷模、担起责任,实际是勉励人们及时努力。诗中描写了两种不同的思想:一是哀叹人生苦短、当及时行乐的消极思想;二是感悟到韶光易逝,反而产生一种积极有为的思想。诗人巧妙地把这两种思想呈现给读者,引人深思。陈子展《诗经直解》有按语:"《蟋蟀》,盖士大夫忧深思远,相乐相警,勉为良士之诗。"从这个角度讲,本诗当为劝人勤勉的劝勉诗。这种以国事为重的良士形象对后世的文学创作产生了很大的影响。例如,三国诗人阮籍的"开秋兆凉气。蟋蟀鸣床帷。感物怀殷忧。悄悄令心悲……"晋人陆机的《短歌行》"人寿几何,逝如朝霜……今我不乐,蟋蟀在房"等诗句,其写法与本诗是一脉相承的,而《古诗十九首》中感物惜时的诗篇就更多了。

唐国疆土在今山西翼城、曲沃、绛县、闻喜一带,唐地有晋水经过,所以后来国号改称晋,唐风就是晋风。唐地贫瘠,百姓历来有勤俭质朴、忧深思远的风俗。朱熹说:"唐俗勤俭,故其民间终岁劳苦,不敢少休。及其岁晚务闲之时,乃敢相与燕饮为乐。"诗中反复劝勉人们"无已大康""好乐无荒";要效法良"瞿瞿""蹶蹶"

"休休"。这正是唐地居安思危、俭而用礼风俗的体现。"忧深思远"后来成为一个成语,意思是深刻忧虑,长远打算。因此,这首诗在一定程度上反映了朱熹所说的东周时期的唐地风情。

三章都以"蟋蟀在堂"起笔,并以"岁聿其莫""岁聿其逝""役车其休"点明时在岁暮。这是聪明的古人以物候历法来标识季节的常用方法,即用候虫对气候变化的反应来表示时序的更替。《豳风·七月》中也有这样的写法:"五月斯螽动股,六月莎鸡振羽。七月在野,八月在宇,九月在户,十月蟋蟀入我床下。""九月在户"与本诗的"蟋蟀在堂"是同一时间。不同的是:本诗用的是周历,而《七月》用的是夏历。上古夏、商、周三个朝代都有自己的历法:夏历、殷历、周历。三者主要的区别在于岁首的月建不同:夏历以建寅之月(即后世通常所说的阴历正月)为岁首;殷历以建丑之月为岁首;周历通常以冬至所在的建子之月为岁首。所以,周历比殷历早一个月,比夏历早两个月。本诗中的"蟋蟀在堂"相当于夏历的九月,这一点在阅读时当细察之。

最后再提一点,本诗的押韵比较特殊,与一般诗作的偶句押韵有所区别。采用同章之中两韵交错的方式押韵,即每章的一、五、七句同韵,二、四、六、八句同韵,韵脚密集,又有变化,读上去节奏紧凑,铿锵琅琅。

思考讨论

这首述怀诗是如何把"及时行乐"和"积极有为"两种矛盾的思想统一起来的?

唐风·鸨羽

肃肃鸨羽[1],集于苞栩[2]。
王事靡盬[3],不能艺稷黍[4]。
父母何怙[5]?
悠悠苍天,曷其有所?

肃肃鸨翼,集于苞棘[6]。
王事靡盬,不能艺黍稷。
父母何食?
悠悠苍天,曷其有极[7]?

肃肃鸨行[8],集于苞桑。
王事靡盬,不能艺稻粱。
父母何尝[9]?
悠悠苍天,曷其有常[10]?

注释

[1]肃肃:鸟摇动翅膀的声音。鸨(bǎo):鸟名,似雁而大,脚上没有后趾。　[2]集:鸟类栖息在树上。苞:草木丛生。栩:

柞树。　　[3]王事:与周天子有关的事情,指国王的差事。靡盬(gǔ):没有停息的时候。　　[4]艺:种植。　　[5]怙(hù):依靠。　　[6]棘:酸枣树,有棘刺的灌木。　　[7]极:尽头。　　[8]鸨行(háng):鸨鸟飞行的行列。　　[9]尝:吃。　　[10]常:正常。

译文

鸨鸟沙沙拍翅膀,栖息茂密柞树上。
王室差事做不完,没有时间种黍粱。
靠啥养活我爹娘?
抬头遥问老天爷,何时才能回家乡?

鸨鸟沙沙展翅膀,栖息茂密枣树上。
王室差事做不完,没有时间种黍粱。
父母吃饭哪有粮?
抬头遥问老天爷,劳役何时才收场?

鸨鸟沙沙飞成行,栖息茂密桑树上。
王室差事做不完,没有时间种稻粱。
哪来粮食养爹娘?
抬头遥问老天爷,啥时生活能正常?

赏析

《鸨羽》是一首农民反抗统治阶级严苛无度的徭役制度的诗,表现了劳动人民向往安居乐业、家人团聚的生活愿望。

全诗共三章,每章七句,每章均从鸨鸟栖息于树写起。鸨鸟属于雁类飞禽,爪间有蹼,但是脚上没有后趾,在树上站不稳,须簌簌有声地振动翅膀以平衡身体。诗人以鸨鸟栖树之难,隐喻农民劳于"王事"之苦。"王事靡盬"指王事永远没完没了,服役者回家遥遥无期。因为长期在外服役,不能在家耕种,出现"不能艺稷黍""不能艺黍稷""不能艺稻粱"的现象。由此产生的结果是家中田园荒芜,父母衣食无着,生活失去保障。于是发出尖锐的质问:"父母何怙?""父母何食?""父母何尝?"何时才能安居乐业呢?服役者只好去问那"悠悠苍天",并呼天抢地发出"曷其有所""曷其有极""曷其有常"的呼号。这是农民在徭役重压下的痛苦呻吟,是无可奈何的怨愤之词,也是满腔怒火的愤懑发泄,可谓怨极呼天。陈继揆《读诗臆补》评曰:"一呼父母,再呼苍天,愈质愈悲,读之令人酸痛摧肝。"评论得很是到位,非常透彻。

《毛诗序》云:"《鸨羽》,刺时也。昭公之后,大乱五世。君子下从征役,不得养其父母,而作是诗也。"这里的"大乱五世"指昭公、孝侯、鄂侯、哀侯、小子侯五代诸侯的血腥杀戮、更替。长时间的社会混乱给平民百姓带来了无尽的苦难,《鸨羽》反映的正是春秋战国时期各国纷争、战乱频繁的社会现实。诗人以极其怨愤的口吻对沉重的徭役制度提出了强烈的抗议。

全诗三章采用重章叠句、回环反复的结构形式,用词大同小异,仅换少量词语,充分体现了民间歌谣的鲜明特色。诗歌语言质朴冷峻、音节顿挫,艺术感染力强。看似冷静的叙述,实是对无情的控诉,具有极强的艺术表现力。尤其是每章末两句的大声疾呼,反映了劳动人民在重压之下,敢于怨恨、敢于斥责、敢于质问的反抗精神、斗争精神。

思考讨论

试析本诗是如何表现农民的反抗精神的?并找出相关句子读一读。

唐风·葛生

葛生蒙楚[1],蔹蔓于野[2]。
予美亡此[3],谁与独处[4]!

葛生蒙棘,蔹蔓于域[5]。
予美亡此,谁与独息!

角枕粲兮[6],锦衾烂兮[7]。
予美亡此,谁与独旦[8]!

夏之日,冬之夜。
百岁之后[9],归于其居[10]!

冬之夜,夏之日。
百岁之后,归于其室[11]!

注释

[1]蒙:覆盖。楚:荆树。　[2]蔹(liǎn):植物名,与葛藤一样都是蔓生植物。蔓:蔓延。　[3]予美:妇人称她的亡夫,犹言"我的好人"。亡此:死在此处,指埋在这里。　[4]谁与:谁和我同住。独处:指死者独处郊外。　[5]域:墓地。
[6]角枕:用兽骨做装饰的枕头,用于枕尸首。粲(càn):同"灿",华美鲜明的样子。　[7]锦衾(qīn):锦缎做的被子,敛尸所用。烂:灿烂,色彩鲜明。　[8]独旦:独睡到天亮。　[9]百岁之后:死后。　[10]其居:死者的住处,即坟墓。　[11]其室:死者的住处,即坟墓。

译文

葛藤爬满那荆树,蔹草蔓延在野土。
我的爱人埋这里,谁伴我呀独自住!

葛藤爬满酸枣树,蔹草蔓延在墓地。
我的爱人埋这里,谁伴我呀独个息!

角枕灿灿做陪葬,敛尸锦被色鲜亮。
我的爱人埋这里,谁伴我呀到天亮!
夏日炎炎白昼长,冬日沉沉夜漫漫。
等到百年我死后,到你坟里来相见!

冬日沉沉夜漫漫,夏日炎炎白昼长。
等到百年我死后,到你坟里来相傍!

赏析

《葛生》是一首妇人哀悼丈夫的悼亡诗。

全诗共五章,每章四句。前两章描写葛藤、白蔹之类的野草相互缠绕,爬满了荆树丛,以此起兴,营造了一种悲凉的艺术氛围,映衬出女子的凄苦心境:藤草、荆树尚且还能相依相偎,而自己却是形单影只,孤苦伶仃,悲伤之情油然而生,不禁悲叹道:"谁与独处!""谁与独息!"因为丈夫与她已天人相隔,再也没人陪伴她,从此她只能独守空房。

第三章描写女子眼前清楚地浮现出丈夫入殓时的情景:"角枕粲兮,锦衾烂兮"。"角枕""锦衾"等殉葬品仿佛历历在目。枕头仿佛还是那样明丽华美,锦被仿佛还是那样鲜艳明亮。忆及昔日夫妻情爱缠绵,亲人的形象在她脑海中越来越清晰,而她心中的哀思却越来越深切。在绵绵思念之中,精神陷入恍惚迷乱的境地。物是人非,使她倍增凄苦、倍觉伤神,不由得再一次悲从中来,发出无人相伴的哀叹:"谁与独旦!"这是女子的内心独白,凝聚着她对丈夫炽热的爱。

末两章的"夏之日,冬之夜"和"冬之夜,夏之日",是颠倒词语的重章手法,首尾衔接的句式使静止的时间变成流动的时光,实际就是夏日长长、冬夜漫漫的意思。在女子看来,"夏之日"是何等的漫长,"冬之夜"是何等的难熬,今后年复一年、日复一日的独处岁月太孤独凄苦了。她希望百岁之后能"归于其居""归于其室",与丈夫同居一穴。这种忠贞不渝的爱情感人至深、催人泪下。

整首诗写得质朴、真挚、自然,由荒冢而及孤魂,由孤魂而及生之孤寂,构思精巧,悱恻伤痛,读之甚悲,堪称悼亡诗之祖。后世潘岳、元稹的悼亡诗深受其影响,"望庐思其人,入室想所历""衣裳已施行看尽,针线犹存未忍开""闲坐悲君亦自悲,百年都是几多时"等句都不出此诗窠臼。

思考讨论

同样都是悼亡诗,比较一下《葛生》和《绿衣》在表现手法上有何异同?

秦风·蒹葭

蒹葭苍苍[1],白露为霜。
所谓伊人[2],在水一方[3]。
溯洄从之[4],道阻且长[5];
溯游从之[6],宛在水中央[7]。

蒹葭凄凄[8],白露未晞。
所谓伊人,在水之湄[9]。
溯洄从之,道阻且跻[10];
溯游从之,宛在水中坻[11]。

蒹葭采采[12],白露未已,
所谓伊人,在水之涘[13]。
溯洄从之,道阻且右[14];
溯游从之,宛在水中沚[15]。

注释

[1]蒹葭:指芦苇。苍苍:茂盛的样子。　　[2]所谓:所念。伊人:那个人,指意中人。　　[3]一方:一边。　　[4]溯洄(sù

huí):逆流而向上。洄:回曲盘纡的水道。从:寻找,追寻。之:指代"伊人"。　　[5]阻:险阻。　　[6]溯游:顺流而向下。[7]宛:好像。　　[8]凄凄:同"萋萋",茂盛的样子。　　[9]湄(méi):岸边,水草交接的地方,这里指高岸。　　[10]跻(jī):登高,这里指道路坎坷险峻,难以攀登。　　[11]坻(chí):水中的小沙洲。　　[12]采采:众多的样子。　　[13]涘(sì):水边。[14]右:迂回曲折。　　[15]沚(zhǐ):水中的小沙滩。

译文

河边芦苇青苍苍,秋寒露水结成霜。
心中所念意中人,就在水边那一方。
逆流而上寻找她,道路险阻太漫长。
顺流而下寻访她,仿佛在那水中央。

河边芦苇密又繁,清晨露水尚未干。
心中所念意中人,就在水边河对岸。
逆流而上寻找她,道路险阻难登攀。
顺流而下寻访她,仿佛在那水中滩。

河边芦苇密稠稠,早晨露水还未收。
心中所念意中人,就在水边那一头。
逆流而上寻找她,道路险阻迂回愁。
顺流而下寻访她,仿佛在那水中洲。

赏析

《蒹葭》是《诗经》的名篇之一,是一首优美的情歌,历代被誉为风神摇曳、神韵缥缈的佳作。

全诗共三章,每章八句,上四句写景,下四句叙事抒情。主人公在一个深秋的清晨,来到朝露成霜的水边,凝视小洲,仿佛有其思念的对象"伊人"的身影。可是小洲被流水环绕,中间阻隔千万重,无论是顺流而寻还是逆流而求,都可望而不可即。主人公望穿秋水,陷入烦恼,思心徘徊,惆怅之情不能自抑。而凄凉萧瑟的秋景更加反衬了其彷徨忧伤的情怀。这个故事后来形成了一个成语"秋水伊人",指思念中的那个人,是文学作品中"对景怀人"的独特意象。"蒹葭之思""蒹葭伊人"则成为从前青年男女书信中的怀人套语。诗首四句"蒹葭苍苍,白露为霜。所谓伊人,在水一方"则成为脍炙人口的千古名句。

诗中有两个人物,一个是决心排除千难万险去寻找自己心上人的"寻人者",一个是扑朔迷离、行踪缥缈的"伊人"。"伊人"的原意是那个人,后人由此引申成为情人、心中人的代称。五四新文化运动时期,"她"字尚未广泛使用,有些小说便以"伊"代"她"。因此,有些读者误解本篇的"伊人"是女子。其实,"伊人"是男是女,诗中并无交代。这种语意的朦胧无疑扩展了诗的容量空间,给读者留下了想象的空间。也正因为意象朦胧、意蕴委婉,所以此诗长期以来蒙着一层神秘的色彩。《诗序》认为《蒹葭》是一首讽刺诗,清人方玉润认为是一首招贤诗,而现代学者大多将其视为一首爱情诗。如果就诗的内容而论,本篇无疑更像是一首情诗,描写主人公对意中人的倾慕、追求、怅惘之情。

全诗融写景、叙事、抒情于一炉,以环境渲染气氛,以气氛烘托人物,在艺术上取得很高的成就。诗中芦荻苍苍、秋水盈盈、霜露横空等景物,描摹传神,渲染出清秋的凄凉气氛,为主人公的情感活动提供了特定的背景,烘托了人物凄婉惆怅的情感。蒹葭白露,秋水伊人,客观景物与主观感情互为交织,浑然一体,构成了情景交融的优美意境。全诗三章只换了少数几个字,是典型的重章叠句结构形式,但绝不是机械地重复。先以蒹葭"苍苍""凄凄""采采",营造出颇为冷清、悲凉的意味。接着以白露"为霜""未晞""未已"表示时间的推移,表现出主人公的焦急心情。然后写道路的漫长、崎岖、曲折,表现主人公求索意中人的艰难。最后以飘忽不定的地点变化,表示心中的伊人可望而不可即。全诗情感丰富,层层推进,节奏鲜明,韵律和谐,读之颇有一唱三叹的艺术效果。清人沈德潜在《说诗晬语》中评论此诗时说:"苍凉弥渺,欲即转离,名人画本,不能到也。"确是精辟之论。

思考讨论

本诗是如何做到写景、叙事、抒情三者有机交融的?试析本诗重章叠句的结构形式及其艺术效果。

秦风·无衣

岂曰无衣?与子同袍[1]。
王于兴师[2],修我戈矛[3],

第一章 风 | 159

与子同仇[4]！

岂曰无衣？与子同泽[5]。
王于兴师，修我矛戟[6]，
与子偕作[7]！

岂曰无衣？与子同裳。
王于兴师，修我甲兵[8]，
与子偕行[9]！

无衣　马和之　南宋

注释

[1]同袍:是友爱之辞。袍:长衣。行军者日以当衣、夜以当被。就是今之披风或斗篷。　[2]王:指周天子。一说秦国人称秦君为王。于:语助词,犹"曰"或"聿"。兴师:出兵。　[3]修:修理,整治。戈、矛:都是长柄的兵器,戈平头而旁有枝,矛头尖锐。　[4]同仇:共同对付敌人。　[5]泽:通"襗",贴身的内衣,如今之汗衫。　[6]戟(jǐ):兵器名。古戟形似戈,具横直两锋。　[7]偕作:共同干。　[8]甲兵:铠甲和兵器。[9]偕行(háng):一同前进。

译文

谁说我们没军衣?与你共披那战袍。
君王起兵去打仗,咱快修理戈和矛,
共同对敌在一道!

谁说我们没军衣?与你同穿那内衣。
君王起兵去打仗,咱快修理矛和戟,
共同对敌在一起!

谁说我们没军衣?与你合穿那衣裳。
君王起兵去打仗,修理铠甲和刀枪,
共同对敌上战场!

第一章　风 | 161

赏析

《无衣》是《秦风》的名篇之一,也是一首充满爱国主义情怀的战歌。描写秦国国君奉周天子之命抗击犬戎族的故事。犬戎族是我国西北地区最古老的游牧民族之一,周幽王十一年(公元前771年),周王室发生内讧,犬戎族趁机大举进攻镐京,杀死幽王,西周灭亡。犬戎族便成为华夏民族最可怕的敌人,直到唐朝,中原民族还把一切西北游牧民族统称为"犬戎"或"戎狄"。秦国地处西陲,向来有尚武风俗,常与西戎交兵。秦襄公因抵御犬戎族有功,护送平王东迁后,被封为诸侯。周王命其保卫边疆,攻逐西戎。这首诗就是在这样的背景下产生的,反映了秦国士兵甘苦与共、同仇敌忾、抵御外侮的勇武精神。

全诗共三章,每章五句。每章以士兵相语的口吻自问自答,一片"与子同袍""与子同泽""与子同裳"的回答声,表现了战士团结一心、众志成城的战斗意志和乐观精神。这里的"袍"是"御寒之服","絮乱麻和旧丝绵的叫'袍'……袍是战士所服","泽"是内衣,"裳"是战裙。"同袍""同泽""同裳"反映了战士之间亲密团结,由此衍生出一个成语"同袍同泽",形容士兵互相友爱、同仇敌忾,喻指有交情的友人。将士们在"王于兴师"的号召下,"修我戈矛""修我矛戟""修我甲兵"磨刀擦枪,枕戈达旦,只待一声令下,便将奔赴战场。大家不约而同地唱出"与子同仇""与子偕作""与子偕行"的雄壮歌声。虽是重章复沓的形式,却带有递进之意。"同仇"就情绪而言,说的是有共同的敌人;"偕作"的"作"是起的意思,表明开始行动;"偕行"的"行"是往的意思,是说将士将奔赴前线了。这种递进式的复沓,把将士为国从军的慷慨激昂之情表现得更加强烈、动人。由此衍生出一个成语"同仇敌忾",指全体一致抗击敌人。

  本诗是军中歌谣,写战争而不直接表现战争是本诗的一大特色。全诗没有描写战场厮杀的血腥场面,而是着重体现军队的声势,大有"不战而屈人之兵"的气势。读起来干脆利落,爽达乐观,颇有豪迈刚勇之气。难怪吴闿生在《诗义会通》中对本诗予以高度的评价:"英壮迈往,非唐人出塞诸诗所能及。"

  阅读《诗经》中的战争诗,要注意辨析人民对于战争的不同态度。从西周末年到春秋战国时代的五百多年间,部族、诸侯之间的争斗、兼并连绵不断,《诗经》中描写战争行役的诗歌就多达三十首。《无衣》是战争诗的代表作品,颂扬的是反抗侵略、保家卫国,表现了人们对正义战争抱有积极乐观的情绪。全诗充满了舍生忘死、英勇抗敌的爱国主义精神和勇气,这是中华民族宝贵的精神财富,值得发扬光大。除此之外,《诗经》中的战争诗还表现了其他的战争观。有的战争诗表现了对不义战争的厌倦以及对和平生活的向往。例如,《邶风·击鼓》充满了反战思想;《小雅·采薇》虽然洋溢着战胜敌人的激情,但同时又对久戍不归、久战不休充满了厌倦,带有明显的反战意识。还有的战争诗表达了对繁重徭役的不满和愤慨。例如,《唐风·鸨羽》是描写繁重的徭役、无休止的战争行役给人民带来深重的苦难,堪称这方面的典范之作。

思考讨论

  查阅工具书,说说后人用"同仇""同袍""同泽"分别表示什么意思?将本诗与《击鼓》比较一下,看看这两首战争诗在主旨上有何差异。

陈风·衡门

衡门之下[1],可以栖迟[2]。
泌之洋洋[3],可以乐饥[4]。

岂其食鱼,必河之鲂[5]?
岂其取妻[6],必齐之姜[7]?

岂其食鱼,必河之鲤?
岂其取妻,必宋之子[8]?

衡门 马和之 南宋

注释

[1]衡门:横木为门,门上无屋,言其简陋。衡:通"横"。 [2]栖迟:栖息、徘徊逗留的意思。 [3]泌(bì):泉水。洋洋:水流盛大的样子。 [4]乐(liáo)饥:治疗饥饿,即充饥解饿。乐:通"疗"。 [5]鲂(fáng):鳊鱼,鱼之美者黄河鳊鱼尤其名贵。 [6]取:通"娶"。 [7]齐姜:齐国姓姜的贵族女子。姜:齐国贵族的姓。 [8]宋子:宋国姓子的贵族女子。子:宋国贵族的姓。

译文

横个木儿算道门,横木门下好栖身。
泉水汩汩流不断,饮着泉水也饱人。

难道想要吃鱼鲜,定要鳊鱼才去尝?
难道想要娶妻子,定要齐国贵姓姜?

难道想要吃鲜鱼,定要鲤鱼才去尝?
难道想要娶妻子,定要子姓大姑娘?

赏析

《衡门》是《陈风》的名篇之一。诗题"衡门"两字历来有不同的解释,归纳起来主要有两种:第一,"衡门"是简陋之门。宋代李诫在《营造法式》中说:"诗义:横一木作门,而上无屋,谓之衡门。"

这句话告诉我们,《诗经》时代普通百姓的屋子都比较简陋,每家每户只有一道简陋的衡门。随着人群的聚集,多户人家比邻而居。为了安全和划分范围,人们在住房之外围上栅栏,栅栏中再设一道与外部隔绝的门,这也是后来牌坊的起源。如果房屋有两层或有阁楼,那么这样的门就不能称为衡门。现代学者高亨、余冠英、金启华、程俊英等多从此说。例如,余冠英在《诗经选》中说:"'衡门',横木为门,门上无屋,言其简陋。一说东西曰横,横门就是东向或西向的城门。"他讲的"一说"其实就是人们对"衡门"的第二种理解。王引之在《经义述闻》中说:"门之为象,纵而不横。若谓横木而为门于其下,则又不得谓之衡门矣。窃疑横门、墓门,亦是城门之名。"照这样讲,"衡门"当作城门之名解。闻一多从王引之说,从民俗学的角度考释了"衡"字的含义,认为"衡"不当释为横木,衡门当是陈国都城东西头之门。诗中的衡门是男女相约之地。

对诗题理解的歧义也引发了对主题理解的争议。

如果将"衡门"解释为简陋之门,由此产生"破落说""隐居说""失恋说"三种主题。

"破落说"是著名历史学家郭沫若提出来的。他在《中国古代社会研究》中说:"这首诗也是一位饿饭的破落贵族作的。他食鱼本来有吃河鲂河鲤的资格……但是贫穷了,吃不起了。他娶妻本来有娶齐姜宋子的资格,但是贫穷了,娶不起了。娶不起,吃不起,偏偏要说两句漂亮话,这正是破落贵族的根性,我们在现代也随时可以看见。"这是从历史发展、社会变迁的角度来解读本篇的。古人娶妻讲究门当户对,破落了就得面对现实,不能再讲究了,小家碧玉乃至小家贫女皆可。应该说这种理解对本诗主题分析得非常有逻辑性。

"隐居说"以高亨为代表。他在《诗经今注》中说："春秋时代，社会上有少数知识分子，甘于贫贱，不求富贵，后人称之为隐士。这首诗就是隐士之作，抒写他的志趣。"他认为本诗是写隐士隐居山林、安贫寡欲。但是，也有学者提出不同意见，如《诗经新注》认为春秋中期的中国社会还不可能有隐士存在，因为当时的知识阶层还未从血缘宗法社会中分化出来，隐士是知识分子获得独立人格之后的产物。可惜未举出具体的例证，聊备一说。但是，"隐居说"对后世的影响很大。在古典诗文中，"衡门栖迟""泌水乐饥"属于典故，几乎是"安贫乐道"的代名词。

还有人说，这首诗是讲主人公因找不到理想的婚配对象，而降低了要求，可视为"失恋说"。但从诗中找不到主人公明显的失恋信息，仅是臆测而已。

如果将"衡门"理解为城门之名，则产生了闻一多的"情歌说"。他在《说鱼》一文中指出，"鱼"是一种隐语，"以烹鱼或吃鱼喻合欢或结配"，"诗人这回显然是和女友相约，在衡门之下会面，然后同往泌水之上"。结合诗的内容看，诗的二、三章皆以吃黄河之鱼起兴，随后讲娶妻，吃鱼和娶妻之间存在某种联系，说吃鱼是一种隐语完全正确。但将第一章和后两章联系起来看，并无恋人约会之语，把"栖迟"理解为约会显然不妥，也看不出"乐饥"是在泌水之上行秘密之事。对"泌之洋洋，可以乐饥"两句，《毛诗正义》说得很清楚："饮水可以疗渴耳，而云疗饥者，饥久则为渴，得水则亦小疗，故言饥以为韵。""饥"字既有内容上的合契，更是音韵上的需要，这样的解说是非常有道理的。

全诗共三章，每章四句。第一章言居处饮食不嫌其陋的生活情趣。支一根横木当作门框,舀一瓢泉水权且充饥。第二、三两章以吃鱼不必吃黄河中名贵的鲂鱼、鲤鱼起兴,比喻娶妻不一定要娶齐姜宋子之类的名门望族。四句反问,语气坚定,言下之意是小家碧玉也可为妻。综看全篇,主人公的所作所为貌似达观,实际是无法摆脱现实困厄的无奈之举,于是只能说两句漂亮话聊以自慰。由此可见,郭沫若解读为没落贵族的"破落说"最合情理。

思考讨论

查阅相关资料,再与同伴讨论一下,如何理解这首诗的主旨。

陈风·月出

月出皎兮[1],佼人僚兮[2]。
舒窈纠兮[3],劳心悄兮[4]。

月出皓兮[5],佼人懰兮[6]。
舒懮受兮[7],劳心慅兮[8]。

月出照兮[9],佼人燎兮[10]。
舒夭绍兮[11],劳心惨兮[12]。

月出　马和之　南宋

注释

[1]皎:洁白光明。　[2]佼(jiǎo)人:美人。佼:美好。僚:通"嫽",美好。　[3]舒:徐徐,缓慢。窈纠(yǎo jiǎo):形容女子步行安闲、体态苗条的样子。　[4]劳心:忧心,形容思念之苦。悄:深忧。　[5]皓:洁白明亮。　[6]懰(liǔ):美好、妩媚的样子。　[7]慢受:形容女子走路徐舒婀娜的样子。[8]慅(cǎo):忧愁不安的样子。　[9]照:光明、明亮的样子。[10]燎(liáo):漂亮。　[11]夭(yāo)绍:形容女子行走时曲线优美的样子。　[12]惨(zào):通"懆",心神不宁、烦躁不安的样子。

译文

月儿出来明皎皎啊,照着美人多俊俏啊。
体态苗条安闲走啊,深情思念心焦躁啊。

月儿出来多光耀啊,照着美人多俊俏啊。
体态婀娜徐徐走啊,深情思念心烦恼啊。

月儿出来多光亮啊,照着美人多俊俏啊。
体态优美缓缓走啊,深情思念心烦躁啊。

赏析

《月出》是一首月下怀人之诗,描写月下美人的摇曳身姿以及相思男子的劳心幽思。

全诗共三章,每章四句。每章的第一句写月色之美,"皎"写月光之色;"皓"写月光之亮;"照"写月光之博大,三个字写出了月光的洁白澄清。诗人用比兴手法,以月色之美喻美人之美,所以紧接着第二句写女子的容色之美。"僚""㛦""燎"三个形容词写出了月光照耀之下的少女如花似玉、美丽动人。第三句写少女的行动姿态之美,在若隐若现的月光下,婀娜多姿的少女仪态万方,充满了神秘感和朦胧美,给人一种虚无缥缈的意境美。末句写男子思念少女的缠绵情思,"悄""㥄""惨"三个词语细腻地表现出男子的心理活动:忧思、不安、烦躁。徐志啸教授认为,《月出》妙在三章的"劳心"三句,"这显然是诗人或诗中主人公的亲身感受,他的反应极为真切地反衬了'佼人'在月下的诱人之美"。

全诗把空中明月的皎洁透亮之状,意中人的婀娜多姿之态,主人公的绵绵相思之苦融为一体,创造了一个十分迷离的意境,描绘了一幅"月下美人图"。郑振铎在《插图本中国文学史》中给予其高度的评价:"《陈风》里,情诗虽不多,却都是很好的。像《月出》与《东门之杨》,其情调的幽隽可爱,大似在朦胧的黄昏光中,听凡哦令(即小提琴,编者按)的独奏,又如在月色皎白的夏夜,听长笛的曼奏。""月下美人"的诗歌意象成为妄想的梦中情人的象征,对后世的文学创作影响甚大,如李白的"若见天涯思故人,浣溪石上窥明月";杜甫的"落月满屋梁,犹疑照颜色";常建的"松际露微月,清光犹为君";高启的"雪满山中高士卧,月明林下美人来"等诗句,都带有望月怀人的感伤情调和迷离意境。

全诗重章叠句,反复咏叹,每句都以叹词"兮"收尾,平和柔婉的语调与无边的月色、无尽的愁思相谐和;而且句句押韵,一韵到底,声韵效果十分突出,读来琅琅上口,悦耳动听,不愧为《陈风》中的杰作。

思考讨论

本诗是如何描绘"月下美人图"的?月亮和女性同时描写,常常出现优美的诗词作品。你知道哪些我国古代描写月亮并描写女性的诗词?找来读一读。

第一章 风 | 171

桧风·素冠

庶见素冠兮[1],棘人栾栾兮[2]。
劳心忡忡兮[3]。

庶见素衣兮,我心伤悲兮。
聊与子同归兮[4]。

庶见素韠兮[5],我心蕴结兮[6]。
聊与子如一兮[7]。

注释

[1]庶:幸,有幸。素冠:白布帽,死者的服饰。本章中的"素冠"与第二、三章中的"素衣""素韠"均指代亡夫。　[2]棘人:被深重的哀痛所折磨的人。棘:同"瘠",瘦弱,被哀痛折磨的人必然瘦弱。栾(luán)栾:通"脔脔",形容体枯饥瘦的样子,指人憔悴。[3]忡(tuán):忧苦不安的样子。　[4]聊:愿。子:你,指丈夫。同归:一同归于黄泉,即同生共死之情。　[5]韠(bì):即蔽膝,用皮制成,似今之围裙。　[6]蕴结:忧郁不解,即心中郁结无限哀愁。　[7]如一:和你如同一个样,即同归之意。

译文

幸而见夫戴白帽,悲凄之人憔悴貌。
忧苦不安心煎熬。

幸而见夫穿白衫,我心悲伤口难言。
真想和你同归天。

幸而见夫围白裙,忧郁不解难排遣。
真想和你赴黄泉。

赏析

《素冠》的诗旨历来众说纷纭,莫衷一是,大约有以下几种说法。

第一种,《毛诗序》说:"《素冠》,刺不能三年也。"认为是久不见有人能在父母死后守三年之丧,偶尔有人做到了,被诗人看见,感动之下作此诗。而这种理解的缺陷是无法解释"聊与子同归兮""聊与子如一兮"两句。

第二种,程俊英在《诗经译注》中提出:"这是一首悼亡的诗,一位妇女,丈夫死了,将入殓时,她抚尸痛哭,伤心地表示愿意和丈夫同死。"这种说法可以解释"聊与子同归兮",但无法解释"庶见素冠""庶见素衣""庶见素韠",既然是抚尸痛哭,那么何来"庶见"呢?

第三种,清人姚际恒说:"'棘人',其人当罪之时,《易·坎》六爻曰：'系用徽纆，置于丛棘。'是也。"由此推测，这是一首痛惜贤臣遭受迫害、斥逐的诗。

第四种，清人方玉润说："《素冠》，伤桧君被执，愿与同归就戮也。"照这样说，"素冠""素衣"之人是个待决的死囚犯，即被俘的桧国之君，在绑赴刑场时为臣下所见，于是臣下在悲恸之中作了此诗。后两种说法颇有吸引力，但证据不足，在诗中看不到相关的信息。

综观这四种观点，主要分歧在如何训释"素冠""棘人"，如果不能前后联系起来，训之不当，就可能把死人和活人混淆了。综合而言，本篇是一首悼亡诗，描写一位丧偶的寡妇怀念起自己的亡夫，恸哭不已，伤心欲绝。

全诗共三章，每章三句。首章写妇女因长期思念亡夫，身体瘦弱，脸色憔悴，满怀痛苦。首句"庶见"的"见"并非指妇女真的见到了亡夫，而是指妇女幻想能见到亡夫，所以"见"的前面是一个希望之词"庶"。因为长期为忧思痛苦折磨，所以体枯饥瘦。第二、三章继续写妇女怀念丈夫，但是，不仅仅只是一般的伤心悲痛，而是痛苦到了极点，要"聊与子同归兮""聊与子如一兮"，想与夫君同归黄泉。可见郁积心中的哀思是何等的沉重，思念亡夫的感情是何等的强烈，生无所恋几乎到了伤心欲绝的地步，真可称得上痛入骨髓、肝肠俱裂。

从《素冠》一诗中，还可探得上古的一些丧葬习俗。死人是穿"素冠""素衣""素韠"入殓的。"素冠""素衣"较好理解，唯"素韠"现代人晓之不详。韠是蔽膝，那么什么是蔽膝呢？许嘉璐先生在《中国古代衣食住行》中说："古代下体之衣还有蔽膝。顾名思义，这是遮盖大腿至膝部的服饰……根据古代注释家的描述，我们可以想见古代蔽膝的形制与现在的围裙相似。"可见,蔽膝是下衣,或者叫胫衣,类似现代的围裙,其主要功用不是保护衣服,而是一种装饰。送葬的人呢?也穿白服。如《史记·高祖本纪》有"寡人亲为发丧,诸侯皆素"的句子。《礼记·间传》说:"又期而大祥,素麻衣。"《礼记·曲礼》也说:"大夫士去国逾竟,为坛位乡国而哭。素衣、素裳、素冠……"孔颖达疏:"素衣、素裳、素冠者,今既离君,故其衣裳冠皆素,为凶饰也。"后世孝服皆为本色白布,就是古代素服的遗留。

但是,素冠、素衣在上古并非专指凶服,也是常服,活人也常穿白衣。这一点清人姚际恒辨之甚详,《诗经通论》云:"古人多素冠、素衣,不似今人以白为丧服而忌之也。古人丧服唯以麻之升数为重轻,不关于色也。"而现代习俗是送葬的人才穿素衣白服,这说明上古与现代在服饰习俗上有很大不同。古人的丧服虽然是白色的,但主要不在颜色,而在布料的精粗上。《礼记·丧服》中记载古人的丧服分五等:斩缞、齐缞、大功、小功、缌麻,即所谓"五服"制度。最重的是"斩缞",用最粗的生麻布制成,断处外露不缉边,是儿子和未嫁女为父母、妻为夫所着的丧服,期限是三年;其次是"齐缞",也用粗的生麻布制成,但剪断处缉边,为祖父母服一年,为曾祖父母服五个月;再次的是"大功",用粗熟麻布制成,为堂兄弟、未嫁堂姊妹、已嫁姑及姊妹等服,服期九个月;次于"大功"的是"小功",用稍粗熟麻布制成,为伯叔祖父母、堂伯叔父母、未嫁祖姑及堂姑等服,服期五个月;最轻的是"缌麻",用最熟的麻布制成,为堂房的曾祖父母、岳父母服三个月。这套完备的"五服"制度是根据血缘关系亲疏不同来划分的,这也从另一个侧面证实:这首诗反映的时代已经建立了以血缘关系亲疏为标准的宗法制。

思考讨论

诗人是如何表现妇女对亡夫的思念之情的？读了这首诗,你对古人的丧葬习俗有了哪些了解?

曹风·蜉蝣

蜉蝣之羽[1],衣裳楚楚[2]。
心之忧矣,于我归处[3]!

蜉蝣之翼,采采衣服[4]。
心之忧矣,于我归息!

蜉蝣掘阅[5],麻衣如雪[6]。
心之忧矣,于我归说!

注释

[1]蜉蝣(fú yóu):昆虫名,成虫生存期极短,一般朝生暮死。[2]楚楚:整洁鲜明的样子。　[3]归处:归宿、死亡的意思。后"归息""归说(shuì)"义同。　[4]采采:华丽。　[5]掘阅

(xué):指蜉蝣初生时破穴而出。古人认为蜉蝣是土生昆虫,现代科学认识为水栖昆虫。阅:通"穴"。　　[6]麻衣:指蜉蝣半透明的羽翼。

译文

蜉蝣有对好翅膀,像那美丽好衣裳。
朝生暮死心忧伤,我们归宿都一样!

蜉蝣有对好翅膀,像那华丽好衣裳。
朝生暮死心忧伤,与我归宿一个样!

蜉蝣穿洞飞出来,如穿雪白麻衣裳。
朝生暮死心忧伤,我们下场都一样!

赏析

《蜉蝣》是《曹风》的第一篇。曹地在今山东菏泽、定陶、曹县一带,地处齐晋之间,是一个很小的国家。《毛诗序》说:"《蜉蝣》,刺奢也。昭公国小而迫,无法以自守,好奢而任小人,将无所依焉。"以蜉蝣来讽刺国君生活的奢侈腐化,多少有点不伦不类的感觉。但是,倘若联系蜉蝣这种昆虫的特点——朝生暮死、生命短促,往深一层看,统治者只知享乐,不顾国难当头,人民只能对其行将没落的前途和无所归宿的命运,发出无可奈何的悲叹。这种说法大体也说得通。现代学者一般认为这是一首叹息光阴易逝、

第一章　风 | 177

人生短促的诗。

蜉蝣是最原始的有翅昆虫,身体柔弱,长有一对大而透明的翅膀,还有两条长长的尾须,飘舞在空中时,姿态纤巧动人。每当黄昏日落时,它们在成群结队的飞舞中完成自己短暂又美丽的生命历程。它是目前已知的寿命最短的昆虫,俗名叫"一夜老",也叫"夜夜老",意思是一夜之间产过卵就死掉了。这类"短命的昆虫"引起了人们的极大注意,成为哲人感叹和文人咏怀的极好材料。在敏感的诗人看来,蜉蝣的朝生暮死与人的"生年不满百"是一样的。阮籍《咏怀》之七十一,写木槿花、蟋蟀、蟪蛄、蜉蝣这一系列短寿的生物在世间各自发出声音和光色,感叹说:"生命几何时,慷慨各努力。"陆游曾写过《蜉蝣行》,而苏轼的"寄蜉蝣于天地,渺沧海之一粟。哀吾生之须臾,羡长江之无穷"更是千古名句,作者感叹生命的短暂、渺小,寄托了对宇宙、人生的思索和感悟。

全诗共三章,每章四句。每章的开头两句都以蜉蝣薄而透明的羽翼起兴,如同"楚楚"的衣裳、"采采"的衣服,光鲜华丽。"衣裳楚楚"后来被改为成语"衣冠楚楚",形容衣帽穿戴整齐漂亮。蜉蝣刚刚掘穴而出,就面临死亡的威胁,形成强烈的反差,令人伤感。诗人甚至想到了如雪一般的麻衣丧服。每章的后两句都是诗人由朝生暮死的蜉蝣而产生的联想,感叹人生,是对生命的感悟和追问:人生为何如此短促,我们的归宿在哪里?大有"生年不满百,常怀千岁忧"的感慨。

> 思考讨论
>
> 你从诗人描写的朝生暮死的蜉蝣身上得到了哪些感想和启示?

豳风·七月

七月流火[1],九月授衣[2]。
一之日觱发[3],二之日栗烈[4]。
无衣无褐[5],何以卒岁[6]?
三之日于耜[7],四之日举趾[8]。
同我妇子,馌彼南亩[9],
田畯至喜[10]。

七月流火,九月授衣。
春日载阳[11],有鸣仓庚[12]。
女执懿筐[13],遵彼微行[14],
爰求柔桑[15]。
春日迟迟[16],采蘩祁祁[17]。
女心伤悲,殆及公子同归[18]。

七月流火,八月萑苇[19]。
蚕月条桑[20],取彼斧斨[21]。
以伐远扬[22],猗彼女桑[23]。
七月鸣鵙[24],八月载绩[25]。
载玄载黄[26],我朱孔阳[27],
为公子裳。

四月秀葽[28],五月鸣蜩[29]。
八月其获[30],十月陨萚[31]。
一之日于貉[32],取彼狐狸,
为公子裘。
二之日其同[33],载缵武功[34]。
言私其豵[35],献豜于公[36]。

五月斯螽动股[37],六月莎鸡振羽[38]。
七月在野[39],八月在宇[40],
九月在户[41],十月蟋蟀入我床下。
穹窒熏鼠[42],塞向墐户[43]。
嗟我妇子,曰为改岁[44],
入此室处[45]。

六月食郁及薁[46]，七月亨葵及菽[47]。

八月剥枣[48]，十月获稻。

为此春酒[49]，以介眉寿[50]。

七月食瓜，八月断壶[51]，

九月叔苴[52]。

采荼薪樗[53]，食我农夫[54]。

九月筑场圃[55]，十月纳禾稼[56]。

黍稷重穋[57]，禾麻菽麦[58]。

嗟我农夫！

我稼既同[59]，上入执宫功[60]。

昼尔于茅[61]，宵尔索绹[62]。

亟其乘屋[63]，其始播百谷[64]。

二之日凿冰冲冲[65]，三之日纳于凌阴[66]。

四之日其蚤[67]，献羔祭韭[68]。

九月肃霜[69]，十月涤场[70]。

朋酒斯飨[71]，曰杀羔羊。

跻彼公堂[72]，称彼兕觥[73]，

万寿无疆[74]！

注释

[1]七月:夏历七月。流火:指大火星偏西下行,天气开始转凉。流:向下行。火:星名,又叫"大火",每年夏历五月,大火星处于正南方的最高位,六月以后就偏西下行。　　[2]授衣:把裁制冬衣的工作交给妇女去做。　　[3]一之日:指夏历十一月,以下"二之日""三之日"仿此。觱(bì)发:寒风触物的声音。　　[4]栗(lì)烈:凛冽,寒气刺骨。　　[5]褐(hè):粗布衣。　　[6]卒:终。　　[7]于:为,这里指修理。耜(sì):耒(lěi)耜,一种农具,犁的一种。　　[8]举趾:举足下田,开始春耕。　　[9]馌(yè):送饭。一说"馌"是祭神,即祭农神田畯。南亩:泛指田地。[10]田畯(jùn):为领主监工的农官,又叫"农正"或"田大夫"。一说田畯是农神。　　[11]春日:夏历三月。载:开始。阳:温暖,天气暖和。　　[12]有:词头,无义。仓庚:鸟名,黄莺。[13]懿(yì)筐:深筐。　　[14]遵:沿着。微行(háng):小路。[15]柔桑:初生的嫩桑叶。　　[16]迟迟:日长的样子。[17]蘩(fán):菊科植物,即白蒿。祁(qí)祁:形容采蘩妇女众多的样子。　　[18]殆(dài):怕。公子:国君之子,即豳公的儿子。同归:(被迫)一同带回家去。　　[19]萑(huán)苇:荻草和芦苇。[20]蚕月:养蚕的月份,指三月。条桑:修理桑枝。　　[21]斨(qiāng):方孔的斧子。　　[22]远扬:长得过高过长的桑枝。[23]猗:拉着。女桑:嫩桑叶。　　[24]鵙(jú):鸟名,即伯劳鸟。[25]绩:纺织。　　[26]载:又是。玄:黑而带赤的颜色。玄、黄均指丝织品和麻织品的染色。　　[27]朱:红色。孔:很。阳:鲜明。"我朱孔阳"指红色的尤为鲜明。　　[28]秀葽(yāo):不开

花而结果实的远志。萋:植物名,即远志。　　　[29]蜩(tiáo):蝉。
[30]其获:指各种农作物即将收获。　　　[31]陨萚(tuò):落叶。
[32]于:取。貉(hé):兽名,即狗獾,似狐而较胖,尾巴较短。
[33]同:聚合。指狩猎之前聚合众人。　　　[34]载:则,就。缵(zuǎn):继续。武功:田猎之事。　　　[35]私其豵(zōng):小兽归猎者私人占有。豵:一岁小猪,这里泛指小兽。　　　[36]献豜(jiān)于公:大兽献给公家。豜:三岁大猪,这里泛指大兽。公:公家,指统治者。　　　[37]斯螽(zhōng):昆虫,蝗虫类。动股:摩擦翅膀发出的声音,古人误以为是腿摩擦而发出的声音。　　　[38]莎(suō)鸡:昆虫,即纺织娘。振羽:振动翅膀发出声音。
[39]野:田野,野外。　　　[40]宇:屋檐,这里指屋檐的下面。
[41]户:室内。　　　[42]穹窒(zhì):塞住所有的老鼠洞穴。穹:穷尽。窒:塞满。熏鼠:用烟熏赶走老鼠。　　　[43]塞:堵塞。向:北窗。墐(jìn)户:古人冬天用泥涂抹柴竹编的门缝,以御寒气。墐:用泥涂抹。　　　[44]曰:发语词。改岁:旧年将尽,新年将到,即过年。　　　[45]处:居住。　　　[46]郁:植物名,唐棣类,果实名郁李。薁(yù):野葡萄。　　　[47]亨:烹、煮。葵:菜名。菽(shū):这里指豆叶,作蔬菜食用。　　　[48]剥(pū):通"扑",击打。
[49]春酒:冬天酿酒,经春始成,所以叫"春酒"。　　　[50]介:求。眉寿:人老眉长,老人。　　　[51]断:摘下。壶:葫芦。
[52]叔:拾取。苴(jū):秋麻之籽。　　　[53]荼(tú):苦菜。薪:烧。樗(chū):苦椿树。　　　[54]食(sì):拿东西给人吃。
[55]场:打谷的场地。[56]纳:收藏,收进谷仓。禾稼:谷类通称。禾:在这里泛指庄稼。　　　[57]重(tóng):同"穜",早种晚熟的稻谷。穋(lù):同"稑",晚种早熟的稻谷。　　　[58]禾:在这里专指

稷,即小米。菽:这里指豆子,又作豆类的总名。　　[59]既同:已经收齐。　　[60]上:同"尚",还得。宫功:修建宫室的事。[61]尔:语助词。　　[62]宵:夜里。索:搓。绹(táo):绳子。[63]亟(jí):赶快。乘屋:盖房子,覆盖屋顶。乘:覆盖。[64]其始:将要开始。　　[65]冲冲:凿冰的声音。　　[66]凌阴:藏冰的地窖。凌:积聚的冰。阴:藏冰之处。　　[67]其蚤(zǎo):取冰。　　[68]献羔祭韭(jiǔ):用羔羊和韭菜祭祖。[69]肃霜:天高气爽。　　[70]涤场:清扫场地。　　[71]朋酒:成双的两樽酒。斯:指代酒。　　[72]跻:登。公堂:公共场所,不一定是国君的朝堂,可能是乡民的集会场所。　　[73]称:举起。　　[74]万:大。无疆:无穷。

译文

七月火星向西移,九月妇女做冬衣。
冬天北风呼呼吹,腊月寒气刺骨栗。
粗布衣裳都没有,怎能煎熬到年底?
正月农具修理好,二月春耕下农田。
老婆孩子都出动,送饭村南田地间,
田官老爷露笑脸。

七月火星向西移,九月妇女做衣裳。
春天太阳暖洋洋,黄莺喳喳叫得忙。
姑娘拿着深竹筐,走在田间小路上,
采摘树上嫩桑叶。

春来日子渐渐长,许多人儿采蒿忙。
姑娘心里暗悲伤,怕遇公子把人抢。

七月火星向西移,八月苇草收割忙。
三月修枝来理桑,拿起方孔大斧子。
高枝长枝砍光光,拉着枝条采嫩桑。
七月伯劳把歌唱,八月纺麻织布忙。
染色有黑也有黄,我染红色更鲜亮,
替那公子做衣裳。

四月远志结果实,五月蝉儿鸣不停。
八月忙着收谷子,十月落叶始凋零。
十一月去打狗獾,捉住狐狸剥下皮,
替那公子做皮衣。
腊月大伙聚一起,继续打猎习武艺。
留下小兽给自己,大兽献到爷手里。

五月蝗虫振翅响,六月织娘抖翅膀。
七月蟋蟀鸣郊野,八月屋檐底下唱,
九月避寒跳进堂,十月到我床下藏。
塞住墙洞熏老鼠,封闭北窗涂门户。
吩咐妻子和儿子,新年将到要过年,
快进屋里来居住。

六月吃李尝葡萄,七月葵豆来烹调。

八月扑打树上枣,十月获割香谷稻。
把它酿成好春酒,老人喝它必寿高。
七月好瓜吃在口,八月葫芦手里摘,
九月拾取秋麻籽。
采些苦菜砍些柴,农夫只能糊糊嘴。

九月修筑打谷场,十月谷粒收进仓。
小米高粱先后熟,豆麦稻麻快收藏。
叹我种田泥腿郎!
地里庄稼刚收起,又要服役修宫房。
白天野外割茅草,夜里搓绳不停忙。
急忙上房盖屋顶,开春要播各种粮。

腊月凿冰咚咚响,正月把冰窖里藏。
二月取冰行祭礼,献上韭菜和羔羊。
九月天高气又爽,十月扫清打谷场。
成双樽酒待宾客,宰杀一只美肥羊。
踏上台阶进公堂,犀角酒杯双双举,
同祝一声寿无疆!

赏析

《七月》是《豳风》的第一篇。豳地是周的祖先公刘开发的,在今陕西旬邑一带,也有学者认为在今甘肃庆阳境内。《汉书·地理志》记载:"其民有先王遗风,好稼穑,务本业。故豳诗言农桑衣食之业甚备。"所以,豳诗都带有务农的地方色彩。《七月》就是一首叙述农人一年四季劳动和生活的长诗,是《国风》中最长的一首诗。《毛诗序》认为作者是周公,但是并无确据。从诗的内容看,应是农人的集体创作,并非一人一时之作。

全诗共八章,每章十一句。按月而歌,季节性强,叙事结构非常严密。有层次、有时序地描写农人一年四季的劳动和生活,反映了当时上层和底层两个阶层对立的生产关系:农人生活艰苦,长期遭受剥削;贵族不劳而获,坐享劳动成果。

第一章写农人从岁寒到春耕时的劳动和生活情景。他们在寒气刺骨的严冬连一件御寒的粗布衣也没有,冬天忙着修理农具,一开春又冒着春寒去田间耕作,连老婆孩子都要出动。

第二章写妇女在春日里的蚕桑劳动,有人忙着采桑养蚕,有人忙着采蒿。劳动时还非常害怕碰上贵族公子而遭受凌辱。可见,下层劳动妇女不但生活贫困,劳动艰辛,有时甚至连起码的人身权利也得不到保障。

第三章写农家妇女的蚕桑劳动和为贵族制作布帛,以及给衣料染色的情况。

第四章写秋收之后猎取野兽的事情。猎人要把千辛万苦猎获的狐狸皮和大野猪之类的大兽献给贵族老爷,而自己只能留下一些小兽。

第五章详细描写候虫的一系列活动,形象地说明天气渐冷,一年将尽,农人忙着修补破茅屋准备过冬,从一个侧面写出了农人的居住条件极其简陋。

第六章采用对比手法描写农人为贵族老爷采藏果蔬和造酒,而为自己采藏的只是瓜瓠麻籽苦菜之类的食物。上层人食用的美味佳肴和底层农人度日的粗劣食物两相对照,反映了贵族和农人的生活条件悬殊,揭示了社会分配不公的现象。

第七章写农事完毕之后,农人还要昼夜不停地服劳役,为公家修建房屋。

第八章写农人在寒冬季节里的凿冰劳动,这是要为贵族储冰;还要为他们准备祭品,为他们一年一度的年终燕饮服务。从一个侧面反映了当时村社祭祀的情景。

全诗语言清新活泼,错落有致,独具匠心。方玉润在《诗经原始》中给予高度评价:"今玩其辞,有朴拙处,有疏落处,有风华处,有典核处,有萧散处,有精致处,有凄婉处,有山野处,有真诚处,有华贵处,有悠扬处,有庄重处,无体不备,有美必臻。"对后世的文学创作有着深远的影响。

清人姚际恒对本诗的文献价值推崇备至,他说:"鸟语、虫鸣、草荣、木实,似《月令》;妇子入室,茅升屋,似风俗书;流火、寒风,似《五行志》;养老、慈幼,跻堂称觥,似庠序礼;田官、染职,狩猎、藏冰,祭、献、执宫,似国典制书。其中又有似《采桑图》《田家乐园》《食谱》《谷谱》《酒经》,一诗之中,无不具备,洵天下之至文也。"虽然有些夸张,但是说出了《七月》百科全书式的显著特点。

从《七月》看上古历法。本篇第一章出现了两部上古历法——夏历和周历交替使用的现象。夏历就是现代的农历,又称阴历。诗中的"七月""九月"指的是夏历七月、九月,而"一之日""二之日""三之日""四之日"说的是周历的记月方法,第三章的"蚕月"也是周历的说法,指的是夏历三月。排列一下,周历的一之日、二之日、三之日、四之日、蚕月、四月、五月、六月、七月、八月、九月、十月,相当于夏历的十一月、十二月、正月、二月、三月、四月、五月、六月、七月、八月、九月、十月。可见,周历和夏历前后相差两个月。无论是周历还是夏历,在诗中都是显性的历法。其实,这首诗中还有隐性的历法——物候历法。什么是物候历法?《中国美术史·原始卷》中说:"世界上许多地区的远古人类和现存的原始民族判断时令都不外乎凭借两种现象,一种是以候兽、候鸟的来去或冬眠、夏眠动物的眠醒作物候历法的参照,另一种是选择有确定时间或繁殖、或聚集、或更毛、换羽、长角等发生明显群落变化或体态变化的动物作为物候历法的参照物。"《七月》在表现季节的时候,动用了自然界的许多动物、植物作为物候历法。例如,"春日载阳,有鸣仓庚""八月萑苇""蚕月条桑""七月鸣鵙""四月秀葽""五月鸣蜩""八月其获""十月陨萚""五月斯螽动股""六月莎鸡振羽","七月在野""八月在宇""九月在户""十月蟋蟀入我床下""六月食郁及薁""七月亨葵及菽""八月剥枣""十月获稻""七月食瓜""八月断壶""九月叔苴"等句子,都包含了物候的参照物。这种现象说明我们的先人非常善于观察自然,并从观察中找到了表示时间、季节的规律,这也是后世大量农谚产生的源泉。

从《七月》看上古粮食。粮食是农业的命脉。我国先民自古以来就培育粮食作物,浙江河姆渡遗址曾出土过距今六七千年的稻谷。而本篇中的"十月纳禾稼"一句后面,一下子开列了"黍稷重穋,禾麻菽麦"八种作物。其中,"十月纳禾稼"的"禾"泛指庄稼;"禾麻菽麦"的"禾"专指稷。稷就是今天的小米,北方人称为谷子。它是古人最重要的粮食,《白虎通疏证·社稷》中说:"稷者,五谷之长,谷众多,不可遍敬,故立稷而祭之。"古代以"社稷"作为国家的代称,是国家政权的标志。可见,稷的地位十分突出。

黍就是现代北方的黍子,又叫黄米,状似小米,色黄而黏。它在古人生活中的地位仅次于稷,所以黍和稷常常连在一起说。重和穋都是水稻,重是早种晚熟的稻,穋是晚种早熟的稻。麻之所以列入谷类,是因为麻籽可以充饥,虽然口感不太好,但它是农人的主要食品之一。菽是豆子,原指大豆,又作豆类的总名。麦是现代人的主要粮食作物,但在上古,它的地位还没有稷和黍那样突出。

  从《七月》看上古蔬菜。上古已经有专门的园圃,如桑园、菜圃之类。本篇第六章中还提及古人食用的蔬菜。人们常食的蔬菜有郁、薁、葵、菽、瓜、壶、苴、荼、樗等。这里的"菽"不是指豆子,而是指豆叶,作蔬菜食用。其中,葵、瓜、壶属于现代意义上的"菜";而郁、薁、荼、樗则是野果野菜,是采摘类的植物。蔬菜在副食品中所占的比例增大,一方面是社会生活的需要,另一方面也反映了家种蔬菜栽培能力的提高。

  从《七月》看上古天文。"七月流火"现在已成为人们熟知的一个成语,但是,它常常被误用来形容天气炎热,实际上,它是指天气转凉的信号。"七月流火"说的是一种天文现象:"七月"指夏历的七月。清代戴震依照岁差来解释,周历六月火星才到正南方,也就是中天最高的位置,过七月就偏向西,这就叫"流",即移动、向下降行的意思。"火"是星名,或称"大火"。这句话的意思是从秋季七月开始,火星自西而下,天气开始转凉了,并不是说气候炎热。"七月流火"语出《诗经》,说明早在上古时代,我们的先人通过观察星象就已经掌握了丰富的天文学知识。这种天文学知识在《诗经》的其他篇目中也经常出现。例如,《小雅·大东》中诗人一口气运用了织女、牵牛、启明、长庚、天毕、箕、北斗等星象,巧织成文。再如,金星古称明星,又名太白,因为它光色银白,亮度特强。《陈风·东门之杨》"昏以为期,明星煌煌"和《郑风·女曰鸡鸣》"子兴视夜,明星有烂"中的"明星"说的都是金星。金星黎明见于东方叫启明,黄昏见于西方叫长庚,所以《大东》言"东有启明,西有长庚"。这些天象的观测结果与现代天文科技观测的结果完全一致,难怪顾炎武在《日知录》卷三十中说:"三代以上,人人皆知天文。'七月流火',农夫之辞也。'三星在天',妇人之辞也。'月离于毕',戍卒之辞也。'龙尾伏辰',儿童之谣也。后世文人学士,有问之而茫然不知者。"可见,在上古的农耕社会时期,我们的先民就在天文学方面积累了丰富的知识,天文星象也成为诗文描述的对象。

此外,诗中还涉及许多其他文化信息,如"耜""斧""斨"等农具,"蚕月条桑"的蚕桑业,"八月载绩"的纺织业,"载玄载黄"的染色业,以及祭祀用的祭品"羔羊""韭菜""祭酒"和祭器"兕觥",在祭祀燕饮时,农人祝福的颂辞"万寿无疆"等等。因此,《七月》不但具有史料价值,而且还具有民俗学研究上的价值。

思考讨论

通过诗人的描写与叙述,你对上古时代不同阶层的生活有了哪些了解?为什么有人把这首诗称为了解上古历史的"百科全书"?

第二章 雅

小雅·鹿鸣

呦呦鹿鸣[1],食野之苹[2]。
我有嘉宾,鼓瑟吹笙。
吹笙鼓簧[3],承筐是将[4]。
人之好我[5],示我周行[6]。

呦呦鹿鸣,食野之蒿[7]。
我有嘉宾,德音孔昭[8]。
视民不恌[9],君子是则是效[10]。
我有旨酒[11],嘉宾式燕以敖[12]。

呦呦鹿鸣,食野之芩[13]。
我有嘉宾,鼓瑟鼓琴。

鼓瑟鼓琴,和乐且湛[14]。
我有旨酒,以燕乐嘉宾之心。

受天百禄图　沈铨　清代

注释

[1]呦(yōu)呦:鹿鸣声,见食相呼。　[2]苹:蒿,俗名艾蒿。　[3]鼓簧(huáng):用手按笙,吹出笙的各种节奏音调。簧:笙上的簧片。　[4]承筐:奉上礼品。承:奉上。筐:盛币帛的竹器。将:送。　[5]人:客人。　[6]示:告。周行

(háng)：大路，引申为大道理。　　[7]蒿(hāo)：菊科植物，即青蒿，香蒿。　　[8]德音：美好的品德声誉。昭：明。　　[9]视：示。恌(tiāo)：佻，刻薄。　　[10]君子：指统治者。则：法则。效：仿效。　　[11]旨：甘美。　　[12]式：语助词，无实义。燕：通"宴"，宴会。敖：舒畅快乐。　　[13]芩(qín)：蒿类植物。[14]湛(dān)：乐之久也，这里指酒酣尽兴的意思。

译文

鹿儿呦呦叫不停，唤来同伴吃野苹。
我有许多好嘉宾，席上吹笙又弹琴。
吹起笙来鼓起簧，奉上币帛一竹筐。
诸位宾朋喜爱我，示我道理心欢畅。

鹿儿呦呦叫不停，吃着野地嫩青蒿。
我有许多好嘉宾，品德高尚有美名。
宽厚待人不刻薄，君子学法来仿效。
我有美酒香又醇，宴请客人乐陶陶。

鹿儿呦呦叫不停，唤来同伴吃野芹。
我有许多好嘉宾，鼓起瑟呀弹起琴。
鼓起瑟，弹起琴，酒酣尽兴同欢笑。
我有美酒香又醇，宴请客人乐逍遥。

赏析

《鹿鸣》是《诗经·小雅》的第一篇,这是一首贵族宴宾之歌。据《毛传》及朱熹的说法,此诗原是描写周王宴请群臣宾客的乐歌,后来贵族和乡人的宴会上也开始演唱此歌。

全诗共三章,每章八句。每章开头皆以鹿鸣之声起兴,鹿是一种温驯的动物,见到食物会呼唤同伴以共食。一群鹿儿在草地上呦呦鸣叫,悦耳的声音此起彼伏。"鹿鸣"既是兴也是比,比兴主人以美酒佳肴欢宴群臣嘉宾。首章写主人热情款待嘉宾。在琴瑟伴奏声中,主人谦逊地向嘉宾垂询,希望他们不吝赐教,并为客人送上币帛之礼,对嘉宾的忠告表示感激。整个宴会气氛和谐,场面热烈,字里行间透露着祥和的氛围。结句"人之好我,示我周行",既表明主人深受嘉宾拥戴,又暗示宴会的主人可能是个政治开明、有远见卓识的君主。第二章写主人赞美嘉宾声誉美好,是君子学习的楷模。一句"君子是则是效",诚如朱熹所说:"言嘉宾之德音甚明,足以示民使不偷薄,而君子所当则效。"道出了统治者的心声:希望诸位嘉宾师法德行,忠于君王,做一个清正廉明的好官,给老百姓做出榜样。第三章与首章相呼应,写主人热情待客,使嘉宾尽情欢乐,宴会进入高潮。此时乐声又一次响起,最后宾主在融洽的气氛中结束宴会。末句"燕乐嘉宾之心",是点睛之笔,说明此次宴会的主旨是增进宾主之间的和谐团结,深化了诗的主题。这个主题对后世颇有影响。曹操的《短歌行》直接引用本诗的前四句,以表达求贤若渴的心情。及至唐宋,科举考试结束后的宴会上,也歌唱《鹿鸣》之章,称为"鹿鸣宴"。可见此诗影响之深。

《诗经》中的许多宴饮诗,都是描写天子、诸侯、贵族之间的这种温和恭敬、彬彬有礼的情状。《鹿鸣》是最能体现贵族宴饮礼乐"和"的精神的。主人与贤才有德的嘉宾相聚,享以美酒,送以币帛,嘉其美德。在"和乐且湛"声中奏出了宾主和融、浑然一体的主题。这正是周代贵族通过宴饮所要达到的目的。

阅读《鹿鸣》一诗,还能一窥周代的礼乐文明。周代通过制礼作乐,把礼乐文化推向了一个高峰。据《周礼》记载,当时把礼划分为吉礼、凶礼、军礼、宾礼、嘉礼五大类,统称五礼。燕飨礼是嘉礼的一种,侧重于沟通人与人之间的感情。所谓燕飨礼,是指周代以饮食活动为主要内容的礼仪制度。可以是独立的典礼,也可以与其他礼仪交融在一起进行。一般分为三类:一曰飨礼,二曰食礼,三曰燕礼。其中,飨礼最为隆重,食礼次之,燕礼最轻,却最为有亲和力,因此成为周代盛行一时的饮食礼仪。《鹿鸣》描写的是典型的燕礼场景,反映了完整的燕礼仪式过程。

燕礼的仪式分四个阶段:燕礼前的准备,燕礼中的行礼,燕礼中的坐燕,燕礼后的送宾。现结合《鹿鸣》的具体内容简析一二。根据《仪礼·燕礼》的记载,燕礼前的准备阶段主要是奏乐迎宾,也叫纳宾有乐,一般奏《肆夏》之乐。嘉宾到齐,即进入燕礼中的行礼阶段。《鹿鸣》首章从奏乐场景的描绘入手,"我有嘉宾,鼓瑟吹笙。吹笙鼓簧"是指行礼阶段的仪式,瑟笙合奏,正与燕礼升歌、奏笙、合乐仪节相对应。打个不太确切的比方,这好比是现代社会重大集会前,全体起立奏国歌的仪式。只是燕礼的音乐不像国歌那么严肃、庄重,旨在娱人,基调活泼、热烈,带有世俗化倾向,颇具乡乐性质。奏乐结束的同时,揭开了欢燕仪式的序幕,由此而进入燕礼中的坐燕阶段。前面的行礼阶段宾主是站立的,到坐燕阶段则宾主落座,亲切交谈,舒服地安享酒食。坐燕阶段还包括三个过程:第一,酬币之礼。《鹿鸣》中的"承筐是将"一句,说的就是主人的献币之礼。燕礼的礼物是币帛,也称为"宴好""宴货",装在筐里,抬上厅堂,分发给嘉宾,表示对宾客致谢之意。再打个不太恰当的比方,这有点像现代人出席宴会、招待会时,会得到主办方赠送的礼品。第二,旅酬言语之礼。这是宾主双方的发言,有点类似现代宴会上的讲话、发言。这个旅酬言语仪节也称为"合语",是燕礼中重要的仪式。体现在《鹿鸣》中,有嘉宾"德音孔昭"的言语,也有主人"君子是则是效"的勉励。第三,无算乐、无算爵。酒酣饭饱后宴会进入无算爵、无算乐仪节。《鹿鸣》中的"我有旨酒,嘉宾式燕以敖""我有旨酒,以燕乐嘉宾之心"等句子,反映了宾主随心所欲、觥筹交错、一醉方休的欢宴场面,有点类似现代宴会上的相互敬酒、其乐融融的情景。这时,"鼓瑟鼓琴"的乐声再次响起来,在"和乐且湛"的氛围中宴会结束,进入燕礼最后的送宾阶段。主人送宾,乐工奏《陔夏》之乐,宾主告别。

思考讨论

读了这首诗,你能想象一下周代宴飨之礼到底是一个怎样的场景吗?

小雅·采薇

采薇采薇[1],薇亦作止[2]。

曰归曰归,岁亦莫止[3]。
靡室靡家[4],玁狁之故[5]。
不遑启居[6],玁狁之故。

采薇采薇,薇亦柔止[7]。
曰归曰归,心亦忧止。
忧心烈烈[8],载饥载渴[9]。
我戍未定[10],靡使归聘[11]。

采薇 马和之 南宋

采薇采薇,薇亦刚止[12]。
曰归曰归,岁亦阳止[13]。

王事靡盬[14],不遑启处[15]。
忧心孔疚[16],我行不来[17]。

彼尔维何[18]？维常之华[19]。
彼路斯何[20]？君子之车[21]。
戎车既驾[22],四牡业业[23]。
岂敢定居？一月三捷[24]。

驾彼四牡,四牡骙骙[25]。
君子所依[26],小人所腓[27]。
四牡翼翼[28],象弭鱼服[29]。
岂不日戒[30]？玁狁孔棘[31]！

昔我往矣[32],杨柳依依[33]。
今我来思[34],雨雪霏霏[35]。
行道迟迟[36],载渴载饥。
我心伤悲,莫知我哀[37]！

注释

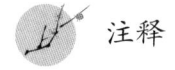

[1]薇:豆科植物,即大巢菜,又名野豌豆,可食用。
[2]亦:语助词。作:生长出来,指薇菜冒出地面。止:语气词,表示确定的语气。　　[3]莫:通"暮"。岁暮:一年将尽的时候。
[4]靡:无。室、家:指妻子。　　[5]猃狁(xiǎn yǔn):北方少数民族部族名,又写作"猃狁",春秋时称戎狄,秦汉时称匈奴,隋唐时称突厥。　　[6]遑(huáng):空闲。启(jì):通"跽",长跪。古人席地而坐时,两膝着地,若腰股挺直,就是长跪,是危坐;若臀部贴在脚跟上,则是安坐。居:安坐。　　[7]柔:肥嫩,柔嫩。
[8]忧心烈烈:忧心如焚。烈烈:火势威猛的样子,这里形容忧心如焚。　　[9]载(zài)饥载渴:又饥又渴。　　[10]戍(shù):防守、驻守,这里指防守的地点。未定:不固定。　　[11]使:使者。聘(pìn):探问,问候。　　[12]刚:坚硬,指薇菜茎叶逐渐变得老而粗硬。　　[13]阳:夏历十月,今犹言"十月小阳春"。
[14]王事:官家的差役。靡盬(gǔ):没有止息。　　[15]启处:义同"启居"。　　[16]疚(jiù):病痛,苦痛。　　[17]不来:无人慰问。来:慰勉。　　[18]尔:同"薾",花盛开的样子。
[19]常:植物名,常棣,即郁李。华:通"花"。　　[20]路:同"辂",大车。斯何:义同"维何",是什么。　　[21]君子:指将帅。
[22]戎(róng):兵车。驾:把车套在马身上。　　[23]四牡:驾兵车的四匹雄马。业业:高大健壮的样子。　　[24]一月三捷(jiē):指一个月中多次交战。捷:通"接",指接战。　　[25]骙(kuí)骙:马强壮的样子。　　[26]依:乘。　　[27]小人:指兵士。腓(féi):隐蔽,庇护。　　[28]翼翼:行列整齐的样子。

[29]象弭(mǐ):用象牙装饰的弓。弭:弓两端系弦的地方。鱼服:用鱼皮做的箭袋。服:通"箙",盛箭的器具。　　[30]日戒:每天戒备、警戒。　　[31]孔棘(jí):很急。棘:通急。　　[32]昔:从前,文中指出征时。　　[33]依依:柳丝轻柔、随风飘拂的样子。[34]来:归来。思:语助词,用在句末,无实义。　　[35]雨(yù)雪:下雪。雨:作动词用,落下(雨雪)。霏(fēi)霏:雪很密的样子。[36]迟迟:缓慢。　　[37]莫:没有人。

译文

采薇菜呀采薇菜,薇菜冒出地面来。
说回家呀说回家,转眼就到年底啦。
有家就像没有家,只因要去杀狎狁。
没有空闲坐下来,只因要去杀狎狁。

采薇菜呀采薇菜,薇菜长出柔嫩芽。
说回家呀说回家,心里愁闷多牵挂。
心里愁闷如火焚,又饥又渴真难忍。
我的驻防不固定,家里没人来探问。

采薇菜呀采薇菜,薇菜茎叶变粗硬。
说回家呀说回家,转眼十月又来临。
官家差役无止息,没空闲坐多烦恼。
心里愁闷太痛苦,我出行呀谁慰劳。

什么花儿开得盛？棠棣花开密层层。
什么车儿高又大？高大兵车将军乘。
兵车已经驾起来，四匹公马奔走忙。
哪敢安然来住下？一月接连好多战。

驾起四匹大公马，马儿雄健又强壮。
将帅乘坐兵车上，士兵靠它来隐藏。
马儿排列多齐壮，象牙弓箭鱼皮囊。
哪有一天不警戒？狁真是太猖狂！

从前出征那光景，柳丝轻柔随风荡。
如今解甲回家乡，雪花满天漫飘扬。
路儿远，道儿长，又饥又渴熬肚肠。
满腔哀伤心悲愤，没人知道我忧伤！

赏析

《采薇》是《诗经》的名篇之一。这是一首反映戍卒生活和心情的诗，通过一个戍卒在归家途中的内心独语，描写戍边的艰苦和戍卒的哀怨悲伤。以其有关抗击狁的内容来看，可能是西周时代的作品。狁即猃狁，是我国古代北方少数民族。《毛诗》说狁就是北狄，郑笺解释："北狄，今匈奴也。"周宣王执政前夕，狁曾乘周王朝政治动乱和遭遇大旱灾的机会，侵扰北方边境，进占周都北近百里的焦获和泾洛之间，并掠扰京师丰镐等地。周宣王为此多次发动讨伐战争。公元前 827 年，宣王出兵征讨狁，这首诗反映的可能就是这次战争。

全诗共六章,每章八句。诗的前三章用倒叙手法,写士卒离家远戍,饥渴劳顿。以戍卒目睹路边的薇菜起兴,思绪闪回到离别家乡时的春日田野,颇有意识流诗歌的味道。那时薇菜"作止",才刚刚长出来。随着时间的推移,他经历了漫长的戍边岁月和艰苦的军旅生活,现在薇菜都已经由"柔止"而"刚止",不由得思绪万千,百感交集。这其中包含了多少的饥渴疲惫、心酸苦楚和思乡之情,反映了连年战乱给百姓造成了巨大的苦难。难能可贵的是,戍卒清醒地认识到,造成上述种种不幸的根本原因是"玁狁之故"。应把责任归在入侵者玁狁的头上,换句话说,在他心目中从军参战是不忘国难当头,是肩负起抗击外敌的神圣使命。

第四、五章叙述士卒从军作战的紧张战斗生活。这两章一反前三章的低沉情调,显得情绪激昂。战场上,将帅乘坐的君子之车"四牡业业""四牡骙骙""四牡翼翼",车马是何等的雄壮威武。诗人采用烘云托月的手法,以驾车雄马的高大暗喻从军士卒雄赳赳、气昂昂的精神。"岂敢定居?一月三捷"是写士卒连续作战,勇敢无畏,战果辉煌,胜仗一个接一个。尽管远离家乡、远离亲人,尽管又饥又渴、战斗惨烈,但是,他们清楚自己的使命是保家卫国,"岂不日戒?玁狁孔棘"表现出士卒为国戍边的爱国热情。

末章写士卒归途的苦楚和悲伤。"昔我往矣,杨柳依依。今我来思,雨雪霏霏"四句,既写昔往今来的季节、景物,又写戍卒的悲苦心情,至今还是常用的成语。清代方玉润在《诗经原始》中说:"此诗之佳,全在末章:真情实景,感时伤事,别有深情,非可言喻。"评得很是中肯、精妙。"杨柳依依"是说从前我去时,杨柳在微风中轻轻摆动;"雨雪霏霏"是说如今我回到故乡,雪花已纷纷

第二章　雅 | 203

飘落。前后两句,互相对举,借景抒情,情景交融,生动形象地写出了杨柳、飞雪的独特神韵。在这样一个"雨雪霏霏"的特定环境中,戍卒感今抚昔,痛定思痛,五味杂陈,回忆一股脑儿涌上心头。物态描写中见人情,情真意切,具有极强的形象性和感染力,不愧为三百篇中的最佳诗句。用王夫之的话来说:"以乐景写哀,以哀景写乐,一倍增其哀乐。""借景言情"的诗歌创作手法对后代诗人有广泛影响。后代文人喜欢用"折柳赠别"表现两情相依、难分难舍的感情,其源头就在此。

思考讨论

试逐章分析诗人是如何表达哀怨之情的。"昔我往矣"四句传诵千古,说说这四句的"情"和"景"是怎样相融相生的。

小雅·菁菁者莪

菁菁者莪[1],在彼中阿[2]。
既见君子[3],乐且有仪[4]。

菁菁者莪,在彼中沚[5]。
既见君子,我心则喜。

菁菁者莪，在彼中陵[6]。
既见君子，锡我百朋[7]。

泛泛杨舟[8]，载沉载浮[9]。
既见君子，我心则休[10]。

注释

[1]菁菁:草木茂盛的样子。莪(é):植物名,萝蒿,又名抱娘蒿。　[2]中阿(ē):即阿中,山坳中。阿:山坳。　[3]君子:这里可能指保氏,掌管教育的官吏。　[4]有仪:有榜样。仪:仪表,仪容。　[5]中沚(zhǐ):即沚中。沚:水中小沙洲。[6]中陵:即陵中。陵:大土山。　[7]锡(cì):同"赐"。朋:上古以贝壳为货币,五贝为一串,十贝为一朋。　[8]泛泛:漂浮的样子。杨舟:杨木做的船。　[9]载沉载浮:船在水中或上或下,漂泊不定。　[10]休:喜。

译文

萝蒿葱茏蓬勃长，长在山坳的中央。
已经见到好老师，心里快乐有榜样。

萝蒿葱茏蓬勃长，长在河心小洲上。
已经见到好老师，心里高兴喜洋洋。

萝蒿葱茏蓬勃长,长在高高土山上。
已经见到好老师,胜过赐我贝百双。

杨木船儿在漂荡,一会下,一会上。
已经见到好老师,我的心里多欢畅。

赏析

  《菁菁者莪》一诗的主旨有多种说法。第一,育才说。《毛诗序》说:"《菁菁者莪》,乐育材也。君子能长育人材,则天下喜乐之矣。"第二,宴饮说。朱熹在《诗经集注》中说:"此亦燕饮宾客之诗。"第三,感恩说。高亨在《诗经今注》中说:"作者深受贵族的扶植与恩赐,写此诗来表示感激和喜悦的心情。"第四,爱情说。袁梅在《诗经译注》中说:"这是古代女子喜逢爱人之歌。"第五种,朋友说。金启华在《诗经全译》中说:"朋友相见,喜笑颜开。"其实,朱熹对自己的新说也不坚执,他在《白鹿洞赋》中有"乐《菁莪》之长育"句。门人问其故,答曰:"旧说亦不可废。"《毛诗序》的说法流传两千多年,影响甚巨,现代学者一般都赞同育才说。因为后人提到教育,常借"菁莪"美育才,"菁莪"就是"菁菁者莪"的简称。"菁莪"一词已成为大众公认的诗文创作典故。

  按照《毛诗序》的说法,这首诗讲述的是关于教育人才的事情,诗中的君子就是老师。诗歌主要是写学子乐见老师,老师乐育英才,赞美了老师培育人才的美德,学生学有收获之后的感激。

  全诗共四章,每章四句,分两层意思。前三章都以"菁菁者莪"起兴，萝蒿草长在山坳里、小洲中、土山上，这些都是滋润萝蒿生长的土地，一方面比喻人才得到老师的培育茁壮成长，另一方面也是为后两句作铺垫。第一章写绿生生的萝蒿草一丛丛地长在山坳里，学生看到老师心里高兴，因为自己有了好榜样。第二、三章是对第一章的复沓，但重点落脚在"我"的内心感受。"我心则喜"是说心里无比高兴，而"锡我百朋"则更进一层，是说高兴的程度超过了赐我许许多多的钱。"朋"是上古的货币，五贝为一串，两串为一朋。"百朋"是形容极多的货币。这里是说学生见到师长，心里如获至宝一般。第四章由陆地转入水中，以水中时沉时浮、漂浮不定的杨木舟起兴，令"我"担忧，实际是写"我"原来的担心。"载沉载浮"现在已成为一个成语，形容船在水中上下沉浮。现在学生看到了老师，心中不胜欣喜，原先的担忧都消除了，所以说"我心则休"。一前一后的反衬对比，更加突出了老师的重要作用。

全诗以第一人称的口吻来写，有利于抒发自己"乐""喜""休"的心情。"我"对君子既赞美、羡慕，又有深深的敬意。字面上虽然并没有写老师育才一类的词语，但处处紧扣育才问题而展开，对培育人才给予关注和赞赏。这也从一个侧面反映了我国古代对教育是非常重视的。

思考讨论

诗题"菁菁者莪"与本诗所要表达的中心思想有什么关系？

小雅·蓼莪

蓼蓼者莪[1],匪莪伊蒿[2]。
哀哀父母[3],生我劬劳[4]。

蓼蓼者莪,匪莪伊蔚[5]。
哀哀父母,生我劳瘁[6]。

瓶之罄矣[7],维罍之耻[8]。
鲜民之生[9],不如死之久矣!
无父何怙[10]?无母何恃[11]?
出则衔恤[12],入则靡至[13]。

父兮生我,母兮鞠我[14]。
拊我畜我[15],长我育我,
顾我复我[16],出入腹我[17]。
欲报之德[18],昊天罔极[19]!

南山烈烈[20],飘风发发[21]。
民莫不穀[22],我独何害[23]?

南山律律[24],飘风弗弗[25]。
民莫不穀,我独不卒[26]!

注释

[1]蓼(lù)蓼:又长又大的样子。莪:萝蒿,又名抱娘蒿。
[2]匪:通"非"。伊:是。蒿:蒿类植物,有白蒿、青蒿数种。
[3]哀哀:恨不能终养父母,报答他们的养育之恩。　　[4]劬(qú)劳:劳苦。　　[5]蔚(wèi):植物名,一种草,即牡蒿。
[6]劳瘁(cuì):劳累。　　[7]瓶:汲水器具。罄(qìng):尽,空。
[8]罍(léi):盛水器具,一种大肚小口的酒罐。　　[9]鲜(xiǎn)民:寡民,孤子。鲜:指寡、孤。　　[10]怙(hù):依靠。
[11]恃(shì):依靠。　　[12]出:出门,指离家服役。衔:含。恤:忧愁。　　[13]入:进门,指回家。靡至:没有亲人。至:亲。
[14]鞠(jū):养。　　[15]拊(fǔ):通"抚",抚摸。畜(xù):通"慉",喜爱。　　[16]顾:在家时对他的照顾。复:出门后对他的挂念。
[17]腹:抱在怀里。　　[18]之:这。　　[19]昊(hào)天:广大的天。罔极:无边,言父母之恩如天,广大无边,不知所以为报也。
[20]烈烈:通"颲颲",山高大险峻的样子。　　[21]飘风:暴风。发(bō)发:大风呼啸的声音。　　[22]穀(gǔ):赡养。
[23]何:通"荷",蒙受。　　[24]律律:山势高耸突起的样子。
[25]弗弗:大风扬尘的样子。　　[26]不卒:不得养老送终。卒:终,指养老送终。

译文

抱娘蒿呀长又高,不是萝蒿是老蒿。
可怜我的爹和妈,生我养我太辛劳。

抱娘蒿呀长又高,不是萝蒿是牡蒿。
可怜我的爹和妈,生我养我太苦劳。

汲水瓶子空见底,装水坛子真羞耻。
孤独活在这世上,不如早点快去死!
没有爹呀何所傍?没有妈呀何所靠?
出门服役心含悲,回家爹娘看不到。

爹呀是你生养我,娘呀是你哺育我。
抚摸我呀疼爱我,抚养我呀教育我,
照顾我呀挂念我,出门进门怀抱我。
欲报爹娘大恩德,父母之恩大比天!

南山高大又险峻,暴风呼啦呼啦响。
人们都能养爹娘,独我不能遭灾殃?
南山高耸又险峻,暴风呼啦呼啦响。
人们都能养爹娘,独我不能善终养!

赏析

《蓼莪》是《诗经》的名篇之一。清人方玉润在《诗经原始》中评论本诗"孝子痛不得终养也""此诗为千古孝思绝作,尽人能识"。这个观点很符合诗意。千百年来,人们都把它作为一首哀悼父母的诗来读。诗人深情地回忆了父母的养育之恩,表达了不能报答父母深恩于万一的痛苦心情。

全诗共六章,前两章和末两章都是四句,中间两章八句。第一、二章哀叹父母生我养我的劬劳、劳瘁。这两章都以"蓼蓼者莪"起兴。莪蒿,又叫抱娘蒿,是一种香味甜美的野菜,从名字上看,就有一种对亲人的怀念。清人马瑞辰在《毛诗传笺通释》中说:"(莪)常抱宿根而生,有子依母之象,故诗人借以取兴。"在一个秋风萧瑟的日子,诗人来到父母坟前,眼泪汪汪,似乎看见坟冢上一丛丛茂盛的抱娘蒿在秋风中摇曳。但仔细一看,却是"匪莪伊蒿""匪莪伊蔚"。"蒿"和"蔚"都粗恶、苦涩而不可食用。诗人自恨不如抱娘蒿,只是蒿、蔚之类的无用之物。这是一种比兴手法,以蒿草似莪而非莪比喻有失父母之望。诗人责己之无用,哀父母之劬劳,想到自己不能赡养含辛茹苦把自己养大的父母,不禁悲从中来,失声痛哭。

中间两章写诗人失去双亲的锥心痛苦,以及父母对"我"的精心养育。"瓶之罄矣,维罍之耻"两句是非常奇特而又形象的比喻:以瓶喻父母;以罍喻儿子。因为瓶子是从罍中汲水的,瓶空是因为罍中无水可汲。用来比喻儿子无以赡养父母,没有尽到应有的孝心而感到羞耻。由此而衍生出"瓶罄罍耻"这个成语,比喻关系密切,相互依存,彼此利害一致,也形容物伤其类。接着诗人悲叹失去父母后孤苦伶仃,无所依傍,痛不欲生,一连用了生、鞠、拊、畜、长、育、顾、复、腹九个动词,字字含情,声声如泣,深情回忆父母对"我"的养育抚爱。由此衍生出一个成语"顾复之恩",比喻父母养育的恩德。诗人还连用九个"我"字,直抒胸臆,不厌其烦地历数父母的依依深情,呼天抢地,声急调促,如泣如诉,悲痛欲绝。姚际恒说得好:"勾人眼泪全在这无数'我'字。"最后以"昊天罔极"结句。旧时父母去世,丧家常以白布写上"昊天罔极"四字横额,表示对父母的哀悼。现在它已成为一个成语,是指父母的养育恩德深广,欲报而无可报答。

末两章写"我"哀叹自己蒙受难灾,对不能终养父母之事抱恨至深。诗人以南山艰危难越和飙风呼啸扑来起兴,营造一种肃杀悲凉的氛围。四个叠词"烈烈""发发""律律""弗弗"全用入声字,读来声音短促、声调呜咽,是一种无可奈何的怨嗟之语。

《蓼莪》一诗在写法上的最大特色是赋比兴交替使用。前两章用比兴手法,第三章先比后赋,第四章全用赋法,末两章先兴后赋。三种表现手法回环往复,灵活运用,充分表达了孤子哀伤的强烈感情。方玉润在《诗经原始》中说:"备极沉痛,几于一字一泪。可抵一部《孝经》读。"综观全诗,语言质朴,不假雕饰,纯为至性至情的文字,没有亲身体验者,难出此语。

《蓼莪》一诗还折射出中国文化中的孝文化。"孝"的观念起源于殷商时期,形成于周代。中国有句俗话叫"百善孝为先",明确告诉人们做好人要先从尽孝开始。后来孝道为儒家所重视,把它作为治国安邦的伦理基础。《论语》就有"父母在,不远游,游必有方""事父母几谏,见志不从,又敬不违,劳而不怨"等阐述孝道的名句。《孟子·尽心上》中说,"亲亲而仁民,仁民而爱物",提出了"以孝治天下"的政治主张。汉代统治者提倡"以孝治天下",实行"举孝廉"的荐官制度,还要求官吏一律熟读《孝经》。父母活着的时候,做子女的必须要孝顺;父母去世以后,还要尽孝。当官的死了父母,必须奏明朝廷,辞官回家守孝三年,名曰"丁忧"。到了唐代,阐述孝道的《孝经》被尊为经书,成为儒家十三经之一。南宋朱熹在继承儒家传统思想的基础上,提出"孝、悌、忠、信、礼、义、廉、耻"的理学思想,其中"孝"居首位。现代人一谈到"孝"字,自然会想到流传很久的"二十四孝"。但你仔细看看"二十四孝",就会惊恐地发现"郭巨埋儿""卧冰求鲤"等孝行是何等的残忍、怪诞,带有很多说教的成分。而细读《蓼莪》,你会发现,它是通过真情实感引起读者心灵的共鸣。难怪晋代的王裒(póu)一读到《蓼莪》的"哀哀父母,生我劬劳"句,就会流涕再三,泣不成声。

思考讨论

试析本诗是如何交错使用赋、比、兴三种写作手法的?

小雅·鼓钟

鼓钟将将[1],淮水汤汤[2],
忧心且伤。
淑人君子[3],怀允不忘[4]。

鼓钟喈喈[5],淮水湝湝[6],
忧心且悲。
淑人君子,其德不回[7]。

鼓钟伐鼛[8],淮有三洲[9],
忧心且妯[10]。
淑人君子,其德不犹[11]。

鼓钟钦钦[12],鼓瑟鼓琴,
笙磬同音[13]。
以雅以南[14],以籥不僭[15]。

注释

[1]鼓:敲击。将(qiāng)将:同"锵锵",象声词。　　[2]淮水:淮河。汤(shāng)汤:水大而奔腾的样子。　　[3]淑:善。[4]允:确实。　　[5]喈(jiē)喈:声音和谐悦耳。　　[6]湝(jiē)湝:水流奔腾的样子。　　[7]回:邪。　　[8]伐:敲击。鼛(gāo):一种大鼓。　　[9]三洲:淮河上的三个小岛。[10]妯(chōu):悲恸,因悲伤而动容、心绪不宁。　　[11]犹:通"尤",缺点、毛病。　　[12]钦钦:象声词,钟声。　　[13]笙:一种管乐器。磬(qìng):用石或玉制成的打击乐器。同音:音调和谐。　　[14]以:为,指演奏、表演。雅:原本是乐器名,后指雅

乐,天子之乐为雅,也称正乐。南:原本是乐器名,后指南方的乐调,也称夷乐。　[15]籥(yuè):乐器名,似排箫。不僭(jiàn):犹言按部就班,和谐合拍。僭:乱,超越本分,冒用先王或上级的名义、礼仪、器物等。

译文

钟儿敲得铿锵响,淮河之水浩荡荡,
心里忧愁又悲伤。
好人呀,善人呀,想念他呀不能忘。

钟敲悦耳当当响,淮河之水哗哗淌,
心里忧愁又悲伤。
好人呀,善人呀,品行无邪人端庄。

敲钟擂鼓声音响,三洲露出淮水上,
心绪不宁又悲伤。
好人呀,善人呀,品德高尚永芬芳。

钟儿敲得响丁丁,鼓起瑟来弹起琴,
笙磬同奏相和鸣。
奏雅乐,奏南乐,吹籥歌舞拍分明。

赏析

《鼓钟》的题旨较难理解。《毛诗序》称此诗"刺幽王也"。是说讽刺周幽王荒乐于淮水之上,也有人说是刺昭王的,但都无确证。连朱熹都说:"此诗之义未详……此诗之义有不可知者。"清人方润玉《诗经原始》在《鼓钟》题下注"未详"两字,且说:"此诗循文案义,自是作乐淮上,然不知其为何时、何代、何王、何事?"可见,历代学者对它的解读都不太清楚。现代学者大多认为这首诗写听钟鼓之声,思念好人;或者闻者忧伤,思古之贤人,属伤今思古类主题。

全诗共四章,每章五句。首章写诗人在淮水之滨听到鼓钟之声,心中感到忧伤,不由得想起了淑人君子。淑人君子是谁?有人说是古圣先王,有人说是古之贤人,还有人说可能是平定淮夷的召公虎。其实,更应追问的是:为何听到钟鼓齐鸣、琴瑟和谐的美妙音乐,诗人还要生出悲伤、忧愁之心来?应该说,诗人的感叹是有感而发的。西周王朝后期,社会矛盾十分尖锐,而统治者根本不顾大局,盘桓于淮水之地莺歌燕舞、寻欢作乐。诗人身处国运衰微的末世,耳闻盛世之音,目睹上层荒乐,深感他们用先王之乐而德不相称,自然会感慨今昔,伤今思古,追慕昔日贤者。南宋诗人林升的《题临安邸》:"山外青山楼外楼,西湖歌舞几时休。暖风熏得游人醉,直把杭州作汴州。"这首诗与本诗主旨有异曲同工之妙。方玉润说:"玩其词意,极为叹美周乐之盛,不禁有怀在昔。淑人君子,德不可忘,而至于忧心且伤也。"这种理解是非常精当的。第二、三章是对第一章的复沓,一叹三咏,进一步点明思念淑人君子是因为"其德不回""其德不犹"。第四章陈述古代圣贤好乐不荒,讽刺当今之君好乐荒淫。同时,各种乐器奏出的和谐乐声,寄托了诗人对歌舞升平的太平盛世的向往和怀念。后世由此衍生出一个成语"笙磬同音",原指音声和谐,后来比喻人与人之间关系融洽、和睦。

古人有登高怀古、临水思人的习惯。本诗每章的前两句以鼓钟、淮水起兴。鼓钟之声,悠远深沉,淮水之波,浩浩荡荡,以此起兴,引出怀古之忧伤,较好地烘托了抒情气氛。而"将将、汤汤、喈喈、湝湝、钦钦"等押韵的叠字象声词,读上去抑扬顿挫、错落有致,充满了音韵美和节奏美。

本诗的末章仅五句二十字,却列出了"钟""瑟""琴""笙""磬""雅""南""籥"八种乐器,令人惊叹。这说明在《诗经》时代,我国就已经有非常丰富的乐器种类和十分成熟的音乐艺术。周代,我国已有根据乐器的不同制作材料进行分类的方法,分成金、石、丝、竹、匏、土、革、木八类,叫作"八音"。这种乐器分类方法一直沿用到清代。诗中的"钟"指的是编钟,属于金类打击乐器,用青铜铸成,由大小不同的扁圆钟按照音调高低的次序排列起来,悬挂在一个巨大的钟架上,用丁字形的木槌和长形的棒分别敲打铜钟,能发出不同的乐音,按照音谱敲打,可以演奏出美妙的乐曲,多用于宫廷演奏。曾侯乙编钟是至今为止所发现的成套编钟中最引人注目的一套,这套编钟之大,足以占满一个现代音乐厅的整个舞台。"瑟""琴""笙"是较常见的乐器,这里不再介绍。"磬"是用玉或美石做成的打击乐器,悬于架上,敲击发出乐音。商代有单一的"特磬",周代则发展成由十几个磬组成的"编磬",与编钟类似。"雅"和"南"原本都是乐器名。"雅"状如漆筒,中有椎。演奏时有"节乐"的作用;"南",郭沫若先生考释为铃。这两种乐

第二章 雅 | 217

器后来都孳乳为乐调名、乐歌名。"籥"是古代的管乐器,又是跳舞时的道具,执籥而舞。此外,本诗第三章中还提到"鼛"这种乐器,这是一种大鼓,有说长寻有四尺,有说长丈二尺。这些乐器如同车马、服饰、器物,是那个时代社会等级、秩序的鲜明标志。本诗中,多种乐器演奏出正声嘉乐,可谓诗中有乐、乐中有诗,为诗篇增添了许多韵味。

思考讨论

本诗要表达的是一种怎样的情感?查阅相关资料,了解一下我国传统的民族乐器有哪些?

小雅·苕之华

苕之华[1],芸其黄矣[2]。
心之忧矣,维其伤矣[3]。

苕之华,其叶青青[4]。
知我如此,不如无生[5]!

牂羊坟首[6],三星在罶[7]。
人可以食[8],鲜可以饱[9]!

注释

[1]苕(tiáo):凌霄花,藤本植物,蔓生,开黄花。 [2]芸其:芸然,形容花盛开时一片黄色浓艳的样子。芸:黄色浓艳的样子。 [3]维:是。 [4]青青:同"菁菁",茂盛的样子。 [5]无生:不出生。 [6]牂(zāng)羊:母绵羊。坟首:头大。这里指母绵羊因饥饿瘦瘠而显得头大。坟:大。 [7]三星:即参星,泛指星星。罶(liǔ):鱼篓,鱼可进不可出。 [8]可(hé):通"何",什么。 [9]鲜:少。

译文

凌霄盛开黄色花,凌霄花儿正鲜黄。
我的心里真忧愁,多么痛苦又悲伤。

凌霄盛开黄色花,凌霄枝叶色青青。
早知活着这样苦,反而不如不出生!

身瘦头大母绵羊,空空鱼篓映星光。
灾荒之年吃什么,很少能够饱饥肠!

赏析

《苕之华》描写荒年饥馑、民不聊生的惨象,是劳苦大众在饥荒之年辗转于苦难之中的绝望呼号。《毛诗序》说:"《苕之华》,大夫闵时也。幽王之时,西戎东夷交侵中国,师旅并起,因之以饥馑。君子闵周室之将亡,伤己逢之,故作是诗也。"这正是本诗的创作背景。这不仅是天灾的缘故,更是战祸和统治者无休止征伐所造成的恶果。

全诗共三章,每章四句。第一章以鲜花怒放的凌霄花起兴,感物伤怀,以凌霄花的荣盛悲叹人的憔悴,反衬诗人内心的痛苦和忧伤。以乐景写哀情,倍增其哀。第二章是对第一章的复沓,以绿叶青青的凌霄花再次起兴,强调诗人心中的惨痛悲苦。"知我如此,不如无生"两句是说早知道灾年无食,难以存活,又何必降生。这是感叹生不如死,其情是何等的凄惨。第三章笔锋一转,以哀景写哀情,写百物荡然无存,百姓无以维生。"牂羊坟首"是说野无青草,而绵羊饿得头大体小,可谓"举一羊而陆物之萧索可知";"三星在罶"是说水无鱼鳖,而鱼篓空空可映星光,可谓"举一鱼而水物之凋耗可想"。这两句用语奇特,以小见大,生动形象地写出了万物萧条、民生凋敝的惨象。读之,悲凉凄怆之情涌上心头,仿佛使人看见无数难民在死亡线上垂死挣扎的景象。

整首诗把客观景象和主观情感有机地交融在一起,运用反衬对比、直抒胸臆、借景抒情等艺术手法,表达了诗人对黑暗社会的诅咒和控诉,是一首描写百姓啼饥号寒的千古绝唱。

思考讨论

试析本诗有哪些艺术特色?

小雅·何草不黄

何草不黄[1]！何日不行[2]！
何人不将[3]！经营四方[4]。

何草不玄[5]！何人不矜[6]！
哀我征夫，独为匪民[7]！

匪兕匪虎[8]，率彼旷野[9]。
哀我征夫，朝夕不暇。

有芃者狐[10]，率彼幽草[11]。
有栈之车[12]，行彼周道[13]。

注释

[1]黄：枯黄。这里以枯黄之草喻征夫长期劳役而面黄肌瘦。
[2]行(háng)：出行，这里指行军、出征。　　[3]将：出征。
[4]经营：劳作。　　[5]玄：赤黑色，指草枯黄腐烂后的颜色。
[6]矜(guān)：通"鳏"，无妻者。征夫离家，等于无妻。
[7]匪民：不是人。　　[8]兕(sì)：犀牛类野兽。　　[9]率：循，沿着。　　[10]有芃(péng)：即芃芃，兽毛蓬松的样子。芃：本是

杂草丛生的样子,这里形容狐尾毛蓬松的样子。　[11]幽草:深草丛。　[12]有栈(zhàn):即栈栈,指役车高高的样子。[13]周道:大路。

译文

哪有草呀不枯黄!哪有一日不奔忙!
哪个人呀不出征!辛苦劳作走四方。

哪有草呀不腐烂!哪个不成单身汉!
可怜我们出征人,独独不被当人看!

既非野牛也非虎,奔走旷野不停步。
可怜我们出征人,早晚不停多辛苦。

狐狸尾巴毛蓬松,躲进深僻青草丛。
役车高高载征夫,驰行漫长大路中。

赏析

《何草不黄》是《小雅》的最后一首。全诗以一个苦行于役的征夫的口吻写来,诉说行役的艰辛和非人的生活,是一首征夫的怨诗。

关于本诗的创作背景,《毛诗序》说:"《何草不黄》,下国刺幽王也。四夷交侵,中国皆叛,用兵不息,视民如禽兽。君子忧之,故作是诗也。"西周后期,国力日衰,各诸侯国纷纷背叛周王朝的统治。周王朝为了维护它的统治,穷兵黩武,不断地对叛离的诸侯国发动战争,期望通过战争来压服诸侯国。不断地征伐需要大量的征夫,给人民带来了深重的苦难。于是征夫被逼唱出了哀绝之歌。方玉润在《诗经原始》中感慨道:"盖怨之至也。周衰至此,其亡岂能久待?编《诗》者以此殿《小雅》之终,亦《易》卦纯阴之象。"这话说得极有道理。

全诗共四章,每章四句。第一、三、四章写征夫怨恨奔走四方,不得休息;第二章写征夫怨恨夫妻分离,不得团聚。

首章以野草枯黄的自然景象起兴,以草之枯黄喻人之疲惫憔悴,引发征夫对终年行役劳苦的感慨。第二章以"何草不玄"起兴,以草之枯朽、短命、任人践踏象征征夫的非人境遇。前两章运用反诘句式,连用五个"何"字责问,感情强烈,喷薄而出,表达征夫的怨愤之情。第三、四章写征夫所处的环境险恶。诗人用老虎、野牛、狐狸比兴,比喻征夫出没荒野、潜伏草丛,长年累月过着野兽似的艰苦生活,反映了统治者视民如草芥一般的阶级压迫。旷野兕虎、芃狐幽草,即景生情,充满了荒凉萧索之气。特别是"哀我征夫,独为匪民",画龙点睛,对征夫非人的遭遇提出强烈的抗议。

思考讨论

本诗以征人的口吻自诉,反映了当时怎样的社会形态?通篇的比喻手法对表现中心思想有何作用?

大雅·生民

厥初生民[1],时维姜嫄[2]。
生民如何?
克禋克祀[3],以弗无子[4]。
履帝武敏歆[5],攸介攸止[6]。
载震载夙[7],载生载育,
时维后稷[8]。

诞弥厥月[9],先生如达[10]。
不坼不副[11],无菑无害[12],
以赫厥灵[13]。
上帝不宁[14],不康禋祀[15],
居然生子[16]。

诞寘之隘巷[17],牛羊腓字之[18]。
诞寘之平林[19],会伐平林[20]。
诞寘之寒冰,鸟覆翼之[21]。
鸟乃去矣,后稷呱矣[22]。
实覃实訏[23],厥声载路[24]。

诞实匍匐[25]，克岐克嶷[26]，
以就口食[27]。
蓺之荏菽[28]，荏菽旆旆[29]。
禾役穟穟[30]，麻麦幪幪[31]，
瓜瓞唪唪[32]。

诞后稷之穑[33]，有相之道[34]。
茀厥丰草[35]，种之黄茂[36]。
实方实苞[37]，实种实褎[38]，
实发实秀[39]，实坚实好[40]，
实颖实栗[41]。即有邰家室[42]。

诞降嘉种[43]：
维秬维秠[44]，维穈维芑[45]。
恒之秬秠[46]，是获是亩[47]；
恒之穈芑，是任是负[48]。
以归肇祀[49]。

诞我祀如何？
或舂或揄[50]，或簸或蹂[51]。

释之叟叟[52]，烝之浮浮[53]。
载谋载惟[54]，取萧祭脂[55]。
取羝以軷[56]，载燔载烈[57]。
以兴嗣岁[58]。

卬盛于豆[59]，于豆于登[60]，
其香始升。
上帝居歆[61]，胡臭亶时[62]。
后稷肇祀，庶无罪悔[63]，
以迄于今[64]。

注释

[1]厥：其。初：始。民：人，指周人。　　[2]时：是。姜嫄(yuán)：有邰氏之女，传说中远古帝王高辛氏（帝喾）之妃，周始祖后稷之母。姜是姓，"嫄"也作"原"，是谥号，取本原之义。[3]克：能，善于。禋(yīn)祀：一种野祭。祭时用火烧牲，使烟气上升。这里指祀天帝。　　[4]弗："祓(fú)"的借字。"祓"意为"除不祥"，祓无子即除去无子的不祥，求有子之意。　　[5]履：践，踩。帝：天帝。武敏(mǔ)：足迹的大拇指处。武：足迹。敏：通"拇"，脚拇指。歆(xīn)：心有所感而欣喜。姜嫄践巨人脚印而感生后稷的故事是周民族的传说。　　[6]攸：语助词。介(qì)：同"愒"，息。止：休息。这句是说祭毕休息，有了身孕。　　[7]载：

语助词。震(shēn):通"娠",怀孕。夙:通"肃",生活严肃,不再与男子交往。　　[8]时维后稷:即是后稷。后稷:姬姓,名弃,相传为尧舜时的农官。　　[9]诞:发语词,有叹美的意思。弥(mí)厥月:满了怀孕应有的月数。　　[10]先生:首生,第一次分娩。达:羊子。母羊生产,连胞而下,这里是说后稷出生时,藏于胞中,形体未露,犹如羊子之生,故言"如达"。　　[11]坼(chè):裂开。副(pì):破裂。这里是说后稷连胞而下,胞衣没有破裂。　　[12]菑(zāi):同"灾"。　　[13]赫:显示。厥灵:指上帝的神灵。这句是说因上述的情况而显得灵异。　　[14]宁:安宁。　　[15]康:安定。本句指姜嫄遇此奇异之事,疑为不祥,故心里不安,有点惴惧。　　[16]居然:徒然,生子而不敢养育所以徒然。这里表示惊异,居然胎生如卵。　　[17]寘(zhì):弃置。隘(ài)巷:狭窄的小巷。　　[18]腓(féi):庇护,隐蔽。字:养育,哺育,指给他奶吃。　　[19]平林:平原上的树林。　　[20]会:适逢,恰好碰上。伐:砍伐。　　[21]鸟覆翼之:大鸟张开翅膀覆盖在后稷身上。　　[22]呱(gū):小儿啼哭声。　　[23]实:是。覃(tán):长。訏(xū):大。　　[24]载:充满。　　[25]匍匐(pú fú):手足着地爬行。　　[26]岐(qí):知意,知晓。嶷(nì):认识。　　[27]以:同"已"。就:求,寻找。口食:口之所食。这几句是说后稷在匍匐的时候就很聪颖,能自求口食。　　[28]蓺(yì):种植。荏(rěn)菽:大豆。　　[29]旆(pèi)旆:茂盛的样子。　　[30]役(yǐng):通"颖",禾尖。穟(suì)穟:禾穗丰硕下垂的样子。　　[31]幪(měng)幪:茂密的样子。　　[32]瓜瓞(dié):小瓜。唪(běng)唪:果实累累的样子。　　[33]穑(sè):耕种,指种植五谷。　　[34]相:助。道:方法、诀窍。　　[35]茀(fú):拔除。

丰草:茂盛的杂草。　　[36]黄茂:嘉谷。　　[37]方:谷种刚露芽。苞:谷芽含苞欲放的样子,苗将出未出时。　　[38]种:谷种长出短苗。褎(yòu):禾苗渐渐长高。　　[39]发:禾茎舒发拔节。秀:禾苗生穗扬花。　　[40]坚:谷粒灌浆饱满,逐渐坚硬。好:谷粒均匀饱满长得好。　　[41]颖(yǐng):禾穗沉甸甸下垂。栗(lì):犹"栗栗",收获众多的样子。　　[42]即:往,来到。有:名词词头。邰(tái):氏族名,在今陕西武功西南,相传后稷对农业生产有贡献,始封于邰。家室:安家立业。　　[43]降:赐予,指后稷将好种子赐给人民。嘉种:好的种子。　　[44]维:是。秬(jù):黑黍。秠(pī):一种黍,一个黍壳中有两粒黍米。
[45]穈(mén):赤苗嘉谷,又名赤粱粟。芑(qǐ):白苗嘉谷,又名白粱粟。　　[46]恒(gèn):通"亘",遍,满。"恒之秬秠"言遍种秬秠。　　[47]是获:收割。亩:堆在田里。　　[48]任:肩挑。负:背负。　　[49]肇(zhào):开始。祀:祭祀。　　[50]舂(chōng):舂米。揄(yóu):舀,取出,指把舂好的米从臼中舀出。
[51]簸:扬米去糠。蹂(róu):通"揉",指用手反复揉搓。
[52]释:淘米。叟(sōu)叟:淘米的声音。　　[53]烝(zhēng):同"蒸"。浮浮:形容蒸饭时热气上腾的样子。　　[54]谋:计划,计议。惟:考虑、思考,指思考祭祀的事情。　　[55]脂:牛肠脂,古时祭祀用香蒿和牛肠脂合烧,取其香气。　　[56]羝(dī):公羊。(bá):祭路神。　　[57]燔(fán):把肉放在火里烧。烈:把肉串起来架在火上烤。　　[58]兴:兴旺。嗣(sì)岁:来年。
[59]卬(áng):我,周人自称。盛(chéng):盛在碗里。豆:古代一种盛肉用的木制高脚盘。　　[60]登:盛汤用的瓦制碗。
[61]居:语助词。歆(xīn):享受。　　[62]胡:大,指香味浓烈。

臭(xiù)：香气。亶(dǎn)：确实。时：善、美好。　　[63]悔：过失，义近"罪"。　　[64]迄(qì)：到。

译文

当初生出这个人，实是姜嫄所产子。
怎样生出这个人？
祈祷神灵祭天帝，不要缺嗣求生子。
踩着上帝脚趾印，祭祀完毕有身孕。
怀胎十月行端庄，一朝生下那孩子，
孩子就是周后稷。

姜嫄怀足十个月，头胎分娩如生羊。
胞衣没破也没裂，无灾无害体健康，
灵异显现心中慌。
莫非上帝在作怪，我的祭祀不肯享，
如此生下小儿郎。

把他弃置小巷里，牛羊竟来喂养他。
把他扔在树林里，碰上樵夫救了他。
把他丢在寒冰上，大鸟展翅覆盖他。
后来鸟儿飞走了，后稷啼哭声哇哇。
啼声绵长哭声大，哭声满路人惊讶。

第二章　雅 | 229

后稷学会地上爬,又是聪明又乖巧,
自己觅食能吃饱。
不久就会种大豆,大豆茂盛长得好。
种的谷子禾穗垂,种的麻麦密茂茂,
种的瓜果真不少。

后稷耕田种庄稼,种植五谷有诀窍。
保护禾苗拔杂草,挑选嘉禾播种好。
种子吐芽又含苞,禾苗渐渐长得高,
拔节抽穗扬穗花,谷粒饱满长得好,
禾穗下垂产量高。安居邰地乐陶陶。

后稷赐民好良种:
有那黑黍双米秬,有那赤白两嘉谷。
遍种黑黍双米秬,收割完毕堆垄亩;
遍种赤白两嘉谷,挑着背着忙运输。
回家开始祭先祖。

要问祭祀怎样祭?
有人舂米舀粮忙,有人搓米扬米糠。
淘米声音叟叟响,蒸饭热气喷喷香。
祭祀大事细思量,燃蒿燃脂气芬芳。
剥皮宰杀肥公羊,又烧又烤供神享。
保佑来年更丰穰。

祭品盛在木碗里，木碗瓦盆派用场，
香气浓烈满厅堂。
上帝降临来受享，饭菜滋味喷喷香。
后稷开创祭祀礼，祈神护佑无灾殃，
直到现在还这样。

赏析

《大雅》中的《生民》《公刘》《绵》《皇矣》《大明》五首诗，常被称作周人的史诗。《生民》是周人开国史诗的第一篇，全诗共八章，叙述了周民族始祖后稷的故事，歌颂了他的神异本领和伟大业绩，有一定的神话色彩。后稷是周的始祖，名弃，他善于耕种，发明农业，曾经被尧举为"农师"，是当时指导农业生产的领袖人物，被后世尊为农业之神。本篇在一定程度上可看作后稷的传记，同时也是一篇最古老的传记文学作品。

第一章写姜嫄履天帝足迹而受孕的神异。后稷的母亲叫姜嫄，是有邰氏部族的女儿，传说嫁给远古帝王高辛氏（帝喾）为妃。姜嫄外出到郊野，看见一个巨人脚印，心里十分爱慕，便去踩了一脚，一踩就觉得身子震动，像怀了孕似的。尽管掺杂了一些神话传说，有"天帝"观念的存在，但纪实的成分还是很浓的。它与商人"天命玄鸟，降而生商"的观念不同。根据学者们的研究，这个神奇受孕的神话，事实上是帝喾率妃向生殖之神高禖祈子，施行了一道传统仪式，求而得子。高禖是专司爱情、婚姻、生殖之神，祭祀高禖是一种生殖崇拜。山西河津西南的连伯村，至今还有一座名闻四方的高禖庙。古代各民族或部落所祀的禖神，几乎都是该民族的先妣。对高媒神的崇拜,从一个侧面反映了远古母系社会以女性为中心的历史。

第二章写后稷诞生的神异。"先生如达""不坼不副"是说后稷生下来时,像母羊生产小羊一样,连胞而下,就是一个圆形的肉球,不破不裂。这是极为罕见的现象,据说现代产妇也有过类似的情况。不论是谁碰上这样的事情都会惊恐万分,姜嫄也不例外,她以为"上帝不宁,不康禋祀",是上帝不满意她的祭祀,怪罪于她,所以特降灾祸,让她生出这样的怪胎。

第三章写后稷屡次被遗弃而不死的神奇经历。正因为姜嫄为自己所生的怪胎吓坏了,所以后稷被其母先后遗弃了三次。第一次弃之"隘巷",第二次弃之"平林",第三次弃之"寒冰"。奇怪的是后稷历经了三次大难不死,分别被牛羊、樵夫、鸟儿救了,竟然奇迹般地活了下来。被樵夫所救,说明含有史实的成分;被牛羊、鸟儿所救,说明带有神话的色彩。用神话式的夸饰手法言其神异,引起人们对他的崇敬。把史实和神话糅合在一起,写神话而不脱离现实生活,这是《生民》在艺术上的一个显著特点。所以一般都认为,后稷属于中国上古时代母系社会向父系社会过渡时期的半人半神形象。这个故事还反映了我国古代弃子神话的一般原型模式:幼时被弃,获救成长,成就伟业。无论是被弃、成长还是成就伟业,都充满了神奇和灵异的色彩。

第四章写后稷在年幼时就表现出对农艺的天赋才能。他刚会匍匐爬行就异常聪明,从小就有伟人的高远志向,喜欢种植"荏菽、麻、麦、瓜"等麻豆、瓜果之类的庄稼,而且种得非常好。"旆旆、穟穟、幪幪、唪唪"四个叠词,写出了农作物长势良好,均能丰收。说他种的大豆,像旗帜一般成队成行地整齐排列,表明行列种植已经作为先进技术提出来了。在农业发展的早期阶段,在科学和生产工具都极端粗陋的条件下,能够认识到依靠农作物合理的平面布局来提高产量,这一点是很不容易的。

第五章写后稷精湛的种植技术,以及由于发展农业有功而受封于邰,建立邦国的情况。后稷成人之后,喜欢耕田种谷。他仔细观察土地,观察适宜种植的品种。他教会了人们除草播种,选育良种。诗中一连用了方、苞、种、褎、发、秀、坚、好、颖、栗十个形容词,把作物生长的全过程形象地描绘出来。本诗观察之精细、词汇之丰富、用语之贴切,令人惊叹。也正因为后稷种植的庄稼获得好收成,四方民众都来向他学习,所以帝尧推举他担任农师,后来帝舜把他封在邰地,以官为号,称为后稷。"后"是君王的意思,"稷"是上古重要的农作物。周人以"稷"为先祖,以"稷"为谷神,并以"社稷"作为国家的象征,这一切都表明周民族的发展壮大与农业、粮食有着千丝万缕的联系。

第六章写后稷培育了优良品种,并推广种植,为农业发展做出了巨大的贡献。值得一提的是,诗中写到"诞降嘉种",实际是发现、培育优良品种。"维秬维秠,维穈维芑"两句提到四种嘉种:"秬"是黑黍;"秠"是一个黍壳中有两粒黍米的黍种;"穈"是赤苗嘉谷,又名赤粱粟;"芑"是白苗嘉谷,又名白粱粟。后稷不但培育了优良品种,而且"恒之秬秠""恒之穈芑",即普遍推广优良品种。这些史实讴歌了后稷对农业生产做出的伟大贡献。这也有力地说明当时已经从以采集、渔猎为主的母系氏族社会,进入到了以农业生产为主的父系氏族社会。粮食产量提高了,人们的生活较以前更有保障。于是,民心大畅,归功于周的始祖后稷,产生了后稷神异的神话传说。

第七、八两章写后稷创立祀典,于丰收之后举行祭祀活动,以求来年获得更大的丰收。怎样祭祀呢?有人舂米,有人扬糠,有人搓米,有人淘米,有人蒸饭。大家商量后,拿出祭品,燃蒿燃脂,宰羊烧烤,把做好的食品盛在豆、登里,供神享用,以保佑来年更加丰穰。这两节的叙述,让我们看到了数千年前的一个完整的祭祀场面、祭祀过程。这其中还蕴含着一些细小的文化信息。例如,人们已经懂得了"燔""烈"等烹饪技术。"燔"是用火烤,一般是指烧烤干的、难熟的肉脯;"烈"是把肉串起来架在火上烤,有点类似现在的烤肉串。人们已经会制作"豆""登"等日用器具。登是古代盛汤的器皿。豆是一种高脚盘,盘下的立茎上有柄,它还是古代的量器,四升为一豆。此外,还有一点值得注意,诗中着重描写的是粮食祭品,却没有像《丰年》《烈祖》等作品中提到酒这种祭品,这大约表明,在后稷所处的尧舜时代,酒这类东西也许还没有发明出来。从这个角度讲,本篇具有重要的民俗文化史料价值。

综观全诗,第一、二、三章极力描写后稷诞生的非凡和神奇,充满了神话色彩;第四、五、六章重点描写后稷对农业生产做出的伟大贡献,洋溢着浓郁的现实生活气息;末两章写后稷创立祭祀制度,具有极高的史料价值。诗人把富有传奇色彩的神话传说和现实生活巧妙地结合在一起,塑造了后稷这一独特的英雄形象,他既有神的灵异,又有人的勤劳和智慧,反映了周民族独特的思维观念和历史观念,以及以农业立国的社会特征。

> 思考讨论
>
> 这首诗的叙述充满了神话色彩,突出了后稷诞生的神异。请查阅相关资料,详细了解一下有关后稷的传说故事。

大雅·公刘

笃公刘[1],匪居匪康[2]。
乃埸乃疆[3],乃积乃仓[4]。
廼裹餱粮[5],于橐于囊[6]。
思辑用光[7],弓矢斯张[8],
干戈戚扬[9],爰方启行[10]。

笃公刘,于胥斯原[11]。
既庶既繁[12],既顺廼宣[13],
而无永叹。
陟则在巘[14],复降在原。
何以舟之[15]?
维玉及瑶[16],鞞琫容刀[17]。

笃公刘,逝彼百泉[18],
瞻彼溥原[19];
迺陟南冈,迺觏于京[20]。
京师之野[21],于时处处[22],
于时庐旅[23],于时言言[24],
于时语语[25]。

笃公刘,于京斯依[26]。
跄跄济济[27],俾筵俾几[28]。
既登乃依[29],乃造其曹[30],
执豕于牢[31]。
酌之用匏[32],食之饮之[33],
君之宗之[34]。

笃公刘,既溥既长[35],
既景迺冈[36],相其阴阳[37],
观其流泉[38]。
其军三单[39],度其隰原[40],
彻田为粮[41]。
度其夕阳[42],豳居允荒[43]。

笃公刘,于豳斯馆[44]。

涉渭为乱[45],取厉取锻[46]。

止基迺理[47],爰众爰有[48]。

夹其皇涧[49],溯其过涧[50]。

止旅迺密[51],芮鞫之即[52]。

注释

[1]笃:忠实厚道,"笃"字放在句首,赞美公刘厚于国人。公刘:后稷的后代,周族首领。公是爵号,刘是名。　　[2]居:安居。康:安乐。　　[3]乃:于是。场(yì):田地的小界。疆:田地的大界。　　[4]积:在露天堆积粮食。仓:在仓库堆积粮食。[5]裹(guǒ):包裹。餱(hóu):干粮。　　[6]橐(tuó):没底的口袋,装上东西后用绳扎住两头。囊:有底的口袋。　　[7]思:发语词。辑:团结和睦。用:因而。光:光大、光荣。　　[8]弓矢:弓箭。斯:语助词。张:准备好。　　[9]干:盾牌。戈:兵器名,横刃,有长柄。戚:小斧子。扬:长柄大斧,又名"钺"。[10]方:才,始。启行(háng):动身出发。　　[11]于:在。胥:视察。斯原:这里的原野,指豳地的原野。斯:这。　　[12]庶、繁:都是众多的意思,指随公刘迁来的人陆续多了。　　[13]顺:民心归顺。宣:舒畅。　　[14]陟(zhì):登上。巘(yǎn):孤立的小山。　　[15]舟:通"周",环绕、佩戴的意思。　　[16]维:是。瑶:似玉的美石。"玉"和"瑶"都是腰带上的饰物。　　[17]鞞(bǐng):刀鞘。琫(běng):刀鞘上的玉饰。容刀:佩刀。

第二章　雅　| 237

[18]逝:往。百泉:泉水众多的地方。　　[19]瞻:视。溥(pǔ):广大。　　[20]觏(gòu):看见。京:豳之地名,当在南冈之下。[21]京师:京邑,后世用它专称帝王所居的都城。师:都邑之称。[22]于时:在这里。处处:居住。　　[23]庐旅:"庐旅"二字古同声通用,即"旅旅",寄居的意思。　　[24]言言:笑语不止的样子。　　[25]语语:义同"言言"。　　[26]依:就地筑宫室安居。[27]跄(qiāng)跄:走路有节奏的样子。济济:从容端庄的样子。[28]俾(bǐ)筵:使众宾就席。俾:使。筵:铺在地上的竹席。几(jī):席地而坐时依靠或放食物的小桌。这里"筵"和"几"都作动词用,"筵"指登席,"几"指靠着几。　　[29]既:已经。登:登上席。依:靠着几。　　[30]造(gào):通"祰",告祭。曹:通"褿",祭猪神。　　[31]执:捉。豕(shǐ):猪。牢:猪圈。　　[32]酌:斟酒。之:指众宾。匏(páo):葫芦,一剖为二作酒器,称匏爵。[33]食(sì):拿东西给人吃。　　[34]君之:拥戴他当君主。宗之:尊奉他当族长。君、宗均作动词用,"君"指当君主,"宗"指当族长。　　[35]既溥既长:指开垦的土地面积广大,地域绵长。长:绵长。　　[36]景(yǐng):通"影",指测日影以定方向。冈:指登上山冈观察地利。　　[37]相:观察,察看。阴阳:山北为阴,山南为阳。　　[38]流泉:水泉灌溉之利。　　[39]其军三单:军分为三,只用一军服役,轮流代替,节约民力。单(shàn):通"禅",轮流代替。　　[40]度(duó):测量。隰(xí)原:低平之地。[41]彻田:治田,指开垦荒地。　　[42]度其夕阳:是指扩展种植土地,开垦山的西面。夕阳:山的西面。　　[43]豳(bīn):地名,今陕西彬县。允荒:确实广大。　　[44]馆:建筑房屋、宫室。[45]渭:渭水。为:而。乱:横流而渡。　　[46]厉:通"砺",质地

粗硬的磨石。锻:通"碫",质地坚硬的捶物大石。"砺"和"碫"都是营建时需要的东西。　　[47]止基:居处的地基。理:治理,修整好。　　[48]众:人多。有:富有。　　[49]夹其皇涧:指周人夹皇涧而居。皇涧:豳地涧名。　　[50]溯其过涧:指周人面向过涧而居。溯:面向。过涧:豳地涧名。　　[51]止旅迺密:指前来定居的人口日渐稠密。止:停留。旅:寄居。密:稠密。　　[52]芮(ruì):通"汭",水边向内凹处。鞫(jū):水边向外凸处。之:这,指芮、鞫。即:就。

译文

忠实厚道好公刘,不图安康把福享。
分田界呀划田疆,粮堆场呀粮进仓。
收拾包裹备干粮,袋里藏呀囊里装。
团结和睦争荣光,张弓带箭准备好,
盾戈斧钺都扛上,开始动身向远方。

忠实厚道好公刘,察看这块好地方。
百姓众多物产旺,民心归顺多舒畅,
没人叹气愁扫光。
时而登上小山岗,时而下到平原上。
身上佩戴啥东西?
美玉宝石挂腰上,玉饰刀鞘亮光光。

忠实厚道好公刘,来到百泉水边上,
眺望原野宽又广;
登上南边那山冈,眺望京师好地方。
京师四野地多广,于是居住这地方,
于是建造这住房,谈笑风生喜洋洋,
欢声笑语闹嚷嚷。

忠实厚道好公刘,定都京师筑宫房。
仪容端庄人满堂,宾客入席靠几旁。
宾主依次都坐定,先祭猪神求吉祥,
圈里抓猪做佳肴。
葫芦瓢儿斟酒浆。劝客饮酒劝客尝,
共推公刘做君长。

忠实厚道好公刘,开辟疆土广又长,
观测日影登山冈,勘察山南山北忙,
察看泉水流何方。
军队三分轮流防,低平洼地来测量,
开垦荒地来种粮。
山冈西面去丈量,豳邑土地真宽广。

忠实厚道好公刘,定都豳邑建宫房。
驾舟横渡渭河水,砺石碫石开采忙。
居处地基修整好,人口众多财力强。
皇涧两旁都住满,面涧而居多欢畅。

定居人口渐稠密,湾里湾外人攘攘。

赏析

《公刘》是周人开国史诗的第二篇,上承《生民》,下接《绵》诗,描写公刘带领周民由邰迁豳、开创疆业的故事。历史上周人有五次大迁徙:一是公刘迁于豳,二是古公亶父迁于岐,三是文王迁于丰,四是武王迁于镐,五是平王迁于洛。公刘为始迁之人。《毛诗序》说:"《公刘》,召康公戒成王也。成王将莅政,戒以民事,美公刘之厚于民,而献是诗也。"《史记·周本纪》也记载:"公刘虽在戎狄之间,复修后稷之业,务耕种,行地宜,自漆、沮渡渭,取材用,行者有资,居者有蓄积,民赖其庆。百姓怀之,多徙而保归焉。周道之兴自此始,故诗人歌乐思其德。"可见,本篇主要是歌颂公刘的勤劳、智慧,塑造了一位身负民族重任、深受民众拥戴的民族英雄形象。

周人为什么要迁居呢?除了朱熹说的"其在西戎,不敢宁居"外,主要原因还是与发展经济有关。如果经济发达、人民富裕了,那么军事力量就强大了,也就不怕外族西戎干扰,西戎也不敢来欺负了。所以,为了避开外族的干扰,有一个和平的发展环境,公刘还是决定迁居。这是一个重大的决定,可以说,没有这次迁徙,就没有后来周王朝的兴旺。

全诗共六章,每章十句,生动地记录了公刘始迁的全过程。每章均以"笃公刘"起笔。"公"是爵号,"刘"是名,后世多合而称之为公刘。"笃"是赞美他厚道好心,造成一种先声夺人的艺术效果。从这赞叹的语气来看,必是周之后人所作。

第一章写准备出发。公刘率领周人经过周密的计划和精心的准备之后,开始了大规模的迁徙行动。他在邰地划分疆界,领导人民修整田地,勤劳耕作,积粮上仓,并把粮食做成粮,也就是干粮,放进大袋、小袋。与此同时,还让大家张开弓,带上盾牌、干戈、斧钺等武器,充分体现了一支迁徙之军的杀伐之气和尚武精神。既备粮草,又备武器,一切准备完毕方才启行。不得不说公刘是一个深谋远虑之人。

第二章写相土而居。众多百姓跟随公刘初到豳地,首先要找个地方安顿下来。"维玉及瑶,鞞琫容刀"是说公刘身着盛装勘察地势、地形,有时登上山顶,有时走在平原。《周礼·地官·大司徒》中有关于选择居住环境的记载:"以土宜之法,辨十有二土之名物,以相民宅,而知其利害,以阜人民,以蕃鸟兽,以毓草木,以任土事。"按照先民的观点,居住地选择应讲求山水聚合,藏风得水。一般情况下,平原地区的宅基重于水的滚畅,高原地区以得水为美,而山地丘陵则重于气脉,其基址以宽广平整为上。公刘找到的"于胥斯原",是一块"既庶既繁"的宝地:地方大、人口多、物产丰。不得不说,我们的祖先已经懂得了最初的环境学,选择宜居之地是周人智慧的具体表现,以后几章还有论述。

第三章写营建都邑。主要描写公刘选择吉地、营建京邑,与人民安居乐业的情况。一般来说,人类都选择在倚山面水、背风向阳的地方居住,既要考虑避风、向阳、安全、有水,同时还要考虑到经济的繁荣、社会的发展和人口的扩张。朱熹评价说:"此章言营度邑居也。自下观之,则往百泉而望广原;自上观之,则陟南冈而觐于京。于是为之居室,于是庐其宾旅,于是言其所言,于是语其所语,无不于斯焉。"说明公刘精心察看过百泉汇集的地方,又去视察平原大地,还登上南面冈陵,最终才选定这块叫"京"的地方。"京"本为地名,"师"为都邑通称,"京师"连称,最初见于本诗,后来才作帝都之称。"于时处处,于时庐旅,于时言言,于时语语"是一组排比句,描写了人们在定居以后七嘴八舌、谈笑风生的生动场面。看来在公刘的时代,似乎既有一定的组织纪律,也有一定的民主自由。

第四章写宴饮群臣。移居京师后,公刘安顿好一切,便设宴庆贺,推举首领。因为还处在草迁之初,尚未建起宫室,所以只能因陋就简,在一个高台上设祭坛、摆公宴,召开部落联席会议,推举大首领。人们依次入座,共享丰盛的酒肴。在酒足饭饱之际,大家共同推举才能杰出的公刘为君王和宗主,这中间似可窥见先民政治生活的一个缩影。"跄跄济济,俾筵俾几。既登乃依,乃造其曹"数句说明,推举过程是经过了一定的宗教仪式的。张建军在《诗经与周文化考论》一文中指出,这样的推举过程说明:"公刘时代,周人正生活在由氏族、部落阶段向国家阶段过渡的时期,公刘本人所具有的是由部族大酋长向国王过渡的一种身份,当时的周人处于由部落社会向雏形国家过渡的一种形态下。"

第五章写垦田练军。"相其阴阳"是考察光照的长短是否适宜于农作物的生长;"观其流泉"是考察水流的分布是否有利于农作物的灌溉。公刘经过认真考察,精心测量,综合权衡,最后定居豳地,在一定程度上是出于经济发展的需求。接着,他开始着手整顿军务,并采取各种措施大力发展农业生产。"其军三单""彻田为粮"两句集中反映了公刘时代的社会组织与经济关系。"三单"就是三军,军队是国家组织,是统治阶级统治人民、防御敌人的工具。但公刘时代的军队还处于初始阶段,张建军在《诗经与周文化考论》中说:"公刘时代,所谓'其军三单'之制,其实和满洲之'八旗'有相当的可比性……都是将各个分散的氏族、部落实行统一编制，统一管理……就是将全体人员按三种标志的旗帜分为三大部，既是军事作战编制，也是管理和劳动的编制。""彻田为粮"可能是我国历史上最早的军队屯垦。公刘的做法是把军队分成三批轮换防守垦田。军人闲时种田，战时为兵，亦农亦兵，戍卫与垦耕并顾，既能打仗，同时也解决了粮食问题。正是因为"其军三单""彻田为粮"制度的推行，周人的实力迅速崛起，由氏族部落向国家雏形迈出了第一步，公刘本人也从"大首领"向君王走近了一大步。

第六章写扩建京师。渭水有很多支流，漆水、沮水之间，土地肥沃，物产丰饶。选择条件如此优越的自然环境建都定居，是周人能够勃兴的一个重要因素，但更重要的是公刘治理豳地有方，不断地扩大疆域。"涉渭为乱，取厉取锻"，说明周人在扩疆的过程中已经掌握了冶铁技术，能锻造兵器了；"止基迺理，爰众爰有"，是说归附周的人越来越多，周民族得到迅猛发展。正如方润玉所言："新附民众，乃更扩其土而居之，以作收笔。见国势之大，日进无疆也。"

全诗生动地描写了周人在公刘的带领下垦荒拓土、休养生息、自强不息、发展壮大的历史，反映了周人由氏族社会向雏形国家的演变轨迹，具有重要的历史价值。

思考讨论

周人的开国史诗有五篇，除了《生民》和《公刘》外，还有《绵》《皇矣》《大明》三篇。请你找来读一读，对周代的开国史作一个较为详细的了解。

第三章 颂

周颂·丰年

丰年多黍多稌[1]，亦有高廪[2]，
万亿及秭[3]。
为酒为醴[4]，烝畀祖妣[5]。
以洽百礼[6]，降福孔皆[7]。

注释

[1]稌(tú)：稻谷。　　[2]亦：语首助词。廪(lǐn)：粮仓。[3]亿：周代以十万为亿。秭(zǐ)：数词，十亿。　　[4]醴(lǐ)：甜酒。　　[5]烝(zhēng)：进献。畀(bì)：给予。祖妣(bǐ)：男女祖先。　　[6]洽：配合。百礼：礼仪，指用酒配合牲、玉、币、帛之类的祭品。　　[7]皆：普遍。

译文

丰收之年多黍稻,粮仓堆得满又高,
万斛亿斛收成好。
做成清酒酿甜酒,献给先妣和先考。
摆好祭品行祭礼,恩泽普照福星照。

赏析

《周颂》是周王朝祭祀时演奏的乐歌,共三十一首。其中的《丰年》是一首庆祝丰收的颂歌。全诗一章七句,短短三十个字,简洁明了地写出了丰收、酿酒、祭祀、祈福的过程。

首句写丰收之年,收割了许多粮食,主要是黍和稌,即小米和稻谷。第二、三句写粮食堆满粮仓,数量以"万、亿、秭"计,足见粮食之多,显示了西周王朝国运昌盛的大好年景。遇上这样的好年成,自然要大肆庆祝一番。中国古代农业生产力非常落后,遇到一个大丰年确实不易。第四、五句写人们高兴之余,以粮酿酒,祭告祖先,目的是通过祖先之灵实现天人沟通。末两句写摆好丰盛的祭品行祭祀大礼,祈求神灵来年还能赐福,体现了先民求天赐福的良好愿望。

《毛诗序》云:"《丰年》,秋冬报也。"报,郑笺释为尝和烝,即秋祭和冬祭。秋天丰收之后举行祭祀,"以洽百礼"是看天吃饭时代先民向神灵致以敬意的重要精神活动,"降福孔皆"是祈求神灵保佑的美好心愿。

我国是个农业大国,农业是社会的经济命脉。古代先民的土地崇拜观念根深蒂固,因为人们的日常生活依赖于农业生产,政权的稳固也以农业生产为保障。农业收成的好坏,不但是普通百姓关心的主要话题,更是朝野上下关注的头等大事。因此,人们把国家称为社稷,社是土地神,稷是谷神,土地和粮食在人们心目中上升到了"神"的地位,成为祭祀的对象。土地神也称后土,所谓"皇天后土"即是。社祭就是对土地神的祭称。社祭时,还要祭农神,也就是谷神后稷。他是周人的始祖,发明农业,教会人们耕作,受到后人的敬仰。

社祭一年共举行四次,春夏秋冬四季各一次。其中,春、夏、秋三次是例行公事的常祭,唯孟冬之月的"冬报"最为隆重。社祭又分官方和民间两类。官方社祭礼仪庄重,严肃有加,祭祀时还要演奏黄钟之乐。天子社祭用牛、羊、豕(猪)三牲,称为"太牢";诸侯社祭用羊、豕二牲,称为"少牢"。民间社祭较之于官方社祭,则显得生动活跃、场面热闹。人们饮酒唱歌,自娱自乐,争相参与,还要举行田猎活动。据说,鲁庄公听说民间社祭热闹无比,竟不顾礼数约束,不听群臣劝阻,亲往观赏。据《礼记·王制》记载,庶民的祭品是:"庶人春荐韭,夏荐麦,秋荐黍,冬荐稻;韭以卵,麦以鱼,黍以豚,稻以雁。"这些皆为土地所长、家中所养、水中所获,以祭社神,确属报土地之功,表达了人们冀求社神保佑来年风调雨顺,使农事有个好收成。

最后再补充一点古代的酒文化常识。诗中"为酒为醴"一句是讲古人酿酒的事情。"酒"和"醴"因酿造方式不同而得名。"醴"是用蘖(niè)酿造的,成酒的时间短,有时一宿即成,也称为"酤",是一种酒味很薄的甜酒,类似现在的糯米甜酒,饮用时常常连糟一起并用。"酒"要用曲酿造,历时较长,要经过多次酿制加工,也称为"酎"。比酎更浓烈的酒叫"酴""醇"。《周礼·酒正》:"辨三酒之物,一曰事酒,二曰昔酒,三曰清酒。"扬之水在《诗之酒》中说,事酒是为祭祀、宾客等事而新酿的味较醇的酒;昔酒是酿造过程精细、历时长、酒味清醇的酒;清酒则是用连续投料法反复重酿多次,酿制过程更长、味道更浓烈的酒。这三种酒都是专用于神,祭祀时用的,而专用于人的"五齐":泛齐、醴齐、盎齐、缇齐、沈齐,都属于醴酒,也称"凡酒"。"为酒为醴"说明在上古时代,我们的先民已经会酿制不同类型的酒了。中国的酒文化可谓源远流长。

思考讨论

本诗描写了人们喜庆丰收的祭祀场面,读完本诗,你能想象一下上古时代的祭祀场景吗?

鲁颂·駉

駉駉牡马[1],在坰之野[2]。
薄言駉者[3]:
有驈有皇[4],有骊有黄[5],
以车彭彭[6]。
思无疆[7],思马斯臧[8]!

驹驹牡马,在坰之野。
薄言驹者:
有骓有驱[9],有骍有骐[10],
以车伾伾[11]。
思无期[12],思马斯才[13]!

驹驹牡马,在坰之野。
薄言驹者:
有驒有骆[14],有骝有雒[15],
以车绎绎[16]。
思无斁[17],思马斯作[18]!

驹驹牡马,在坰之野。
薄言驹者:
有骃有騢[19],有驔有鱼[20],
以车祛祛[21]。
思无邪[22],思马斯徂[23]!

注释

[1]驹(jiōng)驹:马儿肥壮的样子。牡马:公马。　　[2]坰(jiōng):遥远的郊外。　　[3]薄、言:都是语助词。

第三章　颂 | 249

柳荫双骏图　胡聪　明代

[4]骊(yù):黑身白胯的马。皇:黄白杂色的马。　　[5]骊(lí):纯黑色的马。黄:黄赤色的马。　　[6]以车:用马驾车。彭彭:强壮有力的样子。　　[7]思:语首助词。无疆:没有止境。
[8]斯:那样。臧(zāng):善,好。　　[9]骓(zhuī):苍白杂毛的马。駓(pī):黄白杂毛的马,又称"桃花马"。　　[10]骍(xīn):赤黄色的马。骐(qí):青黑色相间的马。　　[11]伾(pī)伾:有力的样子。　　[12]无期:义同"无疆"。　　[13]才:材力。
[14]驒(tuó):青黑色有鳞状斑纹的马。骆:白身黑鬣(liè)的马。
[15]骝(liú):赤身黑鬣的马。雒(luò):黑身白鬣的马。
[16]绎(yì)绎:跑得很快的样子。　　[17]斁(yì):厌倦。
[18]作:奋起,腾跃。　　[19]骃(yīn):浅黑和白色相杂的马。騢(xiá):赤白相杂的马。　　[20]驔(diàn):脚胫有长毛的马。鱼:两眼周围有白毛的马。　　[21]祛(qū)祛:强健的样子。
[22]邪:歪斜,斜曲。　　[23]徂(cú):善跑。

译文

高大肥壮雄骏马,放牧遥远郊野上。
高大健壮马真多:
有黑身白胯的马,有黄白杂色的马,
有浑身纯黑的马,有黄赤杂色的马,
驾车有力多强壮。
马儿强壮力无穷,养的马儿多肥壮!

第三章 颂 | 251

高大肥壮雄骏马，放牧遥远郊野上。
高大健壮马真多：
有苍白杂毛的马，有黄白杂毛的马，
有红而微黄的马，有青而微黑的马，
驾车有力多稳健。
马儿稳健力无穷，养的马儿多雄健！

高大肥壮雄骏马，放牧遥远郊野上。
高大健壮马真多：
有青黑鳞斑的马，有白身黑鬣的马，
有赤身黑鬣的马，有黑身白鬣的马，
驾车有力多快当。
马儿快当不拖沓，养的马儿都好样！

高大肥壮雄骏马，放牧遥远郊野上。
高大健壮马真多：
有浅黑杂白的马，有赤白相杂的马，
有脚胫长毛的马，有两眼白毛的马，
驾车有力多健强。
马儿强健不歪斜，养的马儿奔远方！

赏析

　　《鲁颂》是鲁国的宗庙祭祀乐歌，共四篇，为《駉》《有駜》《泮水》《閟宫》。《駉》为第一篇，是一首咏马诗，赞美各色各样的马。

关于这首诗的主旨，《毛诗序》云："《驷》，颂僖公也。僖公能遵伯禽之法，俭以足用，宽以爱民，务农重谷，牧于坰野，鲁人尊之，于是季孙行父请命于周，而史克作是颂。"其实，诗中并无务农重谷的诗句。"在坰之野"一句只是说在远郊牧马，与农耕争地并无多大关系。马在古代社会是非常有用的牲畜，但是农耕主要靠牛，而不是靠马。马的主要用途是田猎、征战、出行、运输，是当时社会主要的动力资源、军事工具。《周礼·夏官·校人》记载了对周王朝和诸侯国马匹数量等有关规定："天子十有二闲(一厩为一闲)，马六种；邦国六闲，马四种；家四闲，马二种。"根据注疏可知，其马匹数量分别是：天子3 456匹，诸侯2 592匹，大夫1 728匹。马匹数量的多少，不仅是一种礼制上的规定，而且是一个国家、一个地区军事实力的标志。古代的国防力量主要靠兵车，驾一辆兵车要四匹良马，马匹繁多是国力强盛的标志。国防力量的强弱在很大程度上要看兵车的多少和战马的众寡。鲁僖公即位后，面对衰弱不堪的鲁国，能够追随齐桓公攘蛮夷而安中国的霸业，重视马政，发展养马事业，以图强国。故现代学者一般认为这是一首颂马辞，歌颂鲁僖公深谋远虑，牧马之盛，注意加强国防力量。但也有学者认为这是一首象征诗，以各色各样的马暗喻各种各样的人才。例如，袁梅在《诗经译注》中说："此乐歌乃奴隶主贵族颂美鲁国牧马之蕃衍强壮，以喻其培育贤才之众盛。"可备一说。

全诗共四章，每章八句。每章写一类马，共写了四类马。结构基本相同，但各有所侧重。依次分述良马、戎马、田马、驽马，描绘其毛色、神采、材力、特性。

每章的前两句"牡马，在坰之野"都相同，描写牧马和马的体形。一群肥大的壮马在水草丰美的远郊自由自在地食草，将群马放置于广阔无边的原野上,可以说是一幅极为优美的风景画。每章的中间四句描写马的毛色和用途。"有骓有皇,有骊有黄""有骓有駓,有骍有骐""有驒有骆,有骝有雒""有駰有騢,有驔有鱼"。四章八句纯用赋法,一口气描绘了十六种膘肥体壮的马,品种优良,数量繁多。它们毛色多种多样,看上去五彩斑斓,简直就是一幅绝妙的"骏马图"。之所以着力铺叙马的毛色,不厌其烦地罗列各种马名,一方面与当时讲究车马的威仪壮武有关,另一方面也足见鲁僖公牧马之蕃盛,马政之发达。每章的最后两句赞美马的各种材力:或德行驯良,或筋骨强健,或动作敏捷,或善于奔跑,可以胜任多种任务。匹匹良马身体之矫健勇猛,气势之雄壮奋发,令人惊叹。

全诗重章复沓,一唱三叹,通过对马生动、细微而又传神的描写,反复颂美马匹精良,数量众多,种类齐全,不愧为咏马诗之祖。

思考讨论

为什么这首诗被称为"咏马诗之祖"?找出诗中描写良马的句子读一读,想一想,你眼前出现了一幅怎样的"骏马图"?

商颂·烈祖

嗟嗟烈祖[1],有秩斯祜[2]。
申锡无疆[3],及尔斯所[4]。

既载清酤[5],赉我思成[6]。
亦有和羹[7],既戒既平[8]。
鬷假无言[9],时靡有争。
绥我眉寿[10],黄耇无疆[11]。
约軝错衡[12],八鸾鸧鸧[13]。
以假以享[14],我受命溥将[15]。
自天降康,丰年穰穰[16]。
来假来飨[17],降福无疆。
顾予烝尝[18],汤孙之将[19]。

注释

[1]嗟嗟:美叹词。烈祖:功业显赫的祖先,指商朝的开国君王成汤。　[2]有秩:即秩秩,福大的样子。祜(hù):福。[3]申:重,又。锡:同"赐"。　[4]尔:主祭之君。斯所:此处,指宋的国土。　[5]载:设置。清酤:清酒。　[6]赉(lài):赐。思:句中语助词。成:生长成功的地方。　[7]和羹:调制好的汤。　[8]戒:齐备,完备,指和羹必备五味。平:和平,指羹味而言。　[9]鬷(zōng)假(gé):鬷同"奏"。假同"格",祭者上致于神。"奏假"指众人聚集祈祷、祭祷。　[10]绥:赠予。眉寿:高寿。　[11]黄耇(gǒu):义同"眉寿",指黄发老人。[12]约軝(qí)错衡:指用皮革缠绕车毂两端并涂上红色,车辕前端的横木用花纹装饰。约:束,缠绕。軝:车毂。错:花纹。衡:车辕

第三章 颂 | 255

前端的横木。　　[13]鸾(luán):车铃。鸧(qiāng)鸧:同"锵锵",象声词,指车铃声。　　[14]享:祭。　　[15]溥将:广大。将:长。　　[16]穰(ráng)穰:禾黍众多的样子。　　[17]来假(gé)来飨(xiǎng):义同"以假以享"。　　[18]顾:光顾,光临,指先祖之灵光临。予:襄公自称。烝:冬天的祭祀。尝:秋天的祭祀。[19]汤孙:指商汤王的后代子孙。将:奉献,奉祀。

译文

赞叹先祖多伟大,齐天洪福不断降。
无穷大福再三赏,直到住所你国疆。
摆好清酒祭祖先,赐我成功福禄长。
调制美味肉羹汤,五味齐备汤正香。
众人默默来祈祷,秩序井然无争抢。
赐我洪福能长寿,黄发寿者福无疆。
红皮车毂花纹衡,八个车铃响锵锵。
来到宗庙祭祖先,我受天命封地广。
安乐康宁从天降,丰收之年粮满仓。
敬请祖先来尚飨,赐我洪福绵绵长。
秋冬两祭请光临,成汤子孙永祭享。

赏析

《商颂》是殷商之后裔追溯并颂美祖先的祭祀乐歌,共五篇,为《那》《烈祖》《玄鸟》《长发》《殷武》。《烈祖》是其中的第二篇。

它是一首典型的宫廷祭歌,或叫庙堂乐歌,目的非常明确,通过祭祀烈祖,祈求"绥我眉寿""降福无疆"。

关于这首诗的祭祀对象,《毛诗序》云:"《烈祖》,祀中宗也。"中宗是殷王大戊,成汤的玄孙。实际上此诗与中宗大戊无关,末句"汤孙之将"已经言明祭祀的对象是成汤而非大戊。再者,"烈祖"一词,一般多称开创基业的帝王。《尚书·伊训》:"伊尹乃明言烈祖之成德,以训于王。"孔传:"汤有功烈之祖,故称焉。"陈子展在《诗经直解》中也说:"《烈祖》与《那》篇相次,疑是汤孙祀烈祖成汤同时所用之乐歌。一用在迎牲之前,故言及乐声;一用在杀牲之后,故言及臭味。"这是说《烈祖》与《那》是姊妹篇,描写的对象都是商武王成汤,只不过描写的内容各有侧重,这种说法比较符合诗意。

全诗一章二十二句,可分四层。第一层,开篇四句点明祭祀烈祖的缘由是"有秩斯祜。申锡无疆",即先祖洪福齐天,赐福甚多。"嗟嗟"是用于赞颂的美叹词,说明对祖先崇拜得五体投地。第二层,接着八句铺写酒肴之美,祭品之盛,主祭者献上"清酤""和羹",恭敬虔诚,默默祷告,请求祖先赐成功、赐福禄。整个祷告的过程无言、无争,庄严肃穆,秩序井然。第三层,随后八句写祭祀者乘坐的车马,"约軝错衡,八鸾鸧鸧"两句绘声绘色,着力铺陈车马的整饬、豪华、华丽,点出了祭祀者非常尊贵、显赫的身份。并在此描写隆重的迎神祭奠场面,祈求烈祖降临,享用祭品,赐给大家无穷的福祉,希望年年五谷丰登。第四层是末尾两句"顾予烝尝,汤孙之将",祈求祖先降临受飨。可视作本诗结语"乱"的部分,因为上篇《那》的末尾也是这两句话,首尾呼应,不失为一首结构完整的诗篇。

另外,本诗在声韵的安排上颇有特色,三换韵脚,先用鱼部韵,再用耕部韵,最后用阳部韵。而且押阳部韵的句子多达十一句,连用"疆""衡""鸧""享""将""康""穰""飨""疆""尝""将"十一韵字,读起来节奏美妙,声音响亮,韵律和谐,朗朗上口,音节之美远胜于文句之美。

中国古代特别重要的国家行为有两个:战争和祭祀。所谓"国之大事,在祀与戎",是把祭祀放到了与战争同等重要的位置。祭祀的对象有祭天、祭地、祭祖先、祭山川等。本篇写的是祭祖,从中可一窥上古祭祀的相关文化信息。

第一,上古祭祀祖先有专门的祖庙。本诗中写得最美的两句"约軝错衡,八鸾鸧鸧",可看作浩浩荡荡的祭祀车队前往祖庙行祭祀之礼。中国古代有祖先崇拜的观念,把敬祖看得极重,《周礼·春官·小宗伯》云:"小宗伯之职,掌建国之神位,右社稷,左宗庙。"这里的宗庙就是祖庙,其地位和社稷并重。祖庙的多少,根据等级高低有不同的规定:天子七庙,诸侯五庙,大夫三庙,士一庙,庶人无庙,只能在家中祭祀祖先。后世有钱的大家族祭祀祖先有专门的宗祠。

第二,上古祭祀祖先的场面庄严隆重。"鬷假无言,时靡有争"是写祭祀的时候气氛隆重肃穆,大家跪在神位前默默祈祷,希望祖先神灵降临,赐予洪福。《烈祖》的姊妹篇《那》着重表现的是各种乐器的合奏齐鸣,写出了祭祀场景的壮观。这两首诗合起来看,恰好表现了商人祭礼尚声、尚壮的特征。《礼记·郊特牲》说:"殷人尚声,臭味未成,涤荡三声,乐三阕,然后出迎牲。"说的正是这种既庄重又壮观的祭祀风俗。

第三,上古祭祀祖先的祭品比较丰盛。本诗中只提到了"清酤""和羹"两种祭品。"清酤"就是清酒,是相对于比较低级的浊酒而言的。清酒比较高档,它有两种含义:一是滤去渣滓的酒;二是专门用于祭祀的酒。本诗中显然指后一种含义。"和羹"指什么呢?是一种五味调成的牛肉汤。其做法是将牛肉置于烹饪器中,加上五种调料炖煮,五种调料分别为:梅、盐、酱、醋及一种菜,这种菜可以是葵或韭。《尚书·说命》云:"若作和羹,尔惟盐梅。"由此可知咸与酸是"和羹"的主味。此外,还有一种常用的祭品与"和羹"相似,叫"太羹",是一种不调五味、不和蔬菜的纯牛肉汤,在祭礼中比"和羹"等级更高。其实,除了本诗中提到的这两种祭品外,实际使用的祭品更丰富。后世随着生产力的发展,帝王祭祀祖庙时,陈于案上的祭品更多,据《清代北京祭坛建筑和祭祀研究》一文介绍:簠内放黍离;簋内放稻粱;笾内放形盐、藁鱼、枣、栗、榛、菱、芡、鹿脯、白饼、黑饼等;豆内放韭菹、醓醢、菁菹、芹菹、鹿醢、兔醢、鱼醢等。同祖庙的等级规定类似,祭品也有等级规定:天子用"会",相当于三个太牢,牛、羊、猪各一个称一个太牢;诸侯用"太牢";公卿用牛,称"特牛";大夫用羊、猪,称"少牢";士用猪,庶民用鱼。

思考讨论

读了这首诗,你对上古时代的祭祀礼仪有了哪些新的了解?

跋：古典的回归与文化自觉

子曰：温故知新。人类历史的发展，每至偏执一端，往而不返的关头，总有一股新兴的返本运动继起，要求回顾过往的源头，从中汲取新生的创造力量。中国，如今正处在这样一个历史大转型的关头。在这样的关头，如果没有一种共同的、并能包容各种文化的价值观作为基础是很难想象的。而且，只有在一个共同的价值观上我们才能共同面对挑战，也才会有道德力量去应对世界的变化。

中国近十几年来自民间发起，逐渐发酵并至官方响应并积极作为的传统文化复兴运动，正是这样一种探究。在回归古典、寻找本源的启示中重新建构我们的伦理共识与文化认同。倡导多读古典，就是为了懂得聆听来自中华民族文化根源的声音，只有我们更加懂得向历史追问，才能够清醒地直面当世的困惑。在往圣先贤几千年来留给我们的文化资源、精神矿藏中，扩展我们的心量，从中获得历史的智慧与前行的方向。

我们深刻体悟到：要推动这项艰巨工程，在全日制中小学校常态教学中嵌入古典教育是关键。经过多年的研究、论证，邀请全国十几所高校各个研究领域的专门学人参与，最终编选了二十七册"新编国学基本教材"。从《三字经》《千家诗》等孩童启蒙读物开始,到《诗经》《论语》《左传》《孟子》《大学 中庸》《礼记》等的精研,由浅入深、循序渐进,以期一学期有一册在手,或自修、或教师讲授皆宜。当然,学古典是为了复苏我们的历史文化记忆,接续历史文化传统,其关键是在"传",而不在"统"。因此,这套"新编国学基本教材"涵盖面较广,既有儒家的经典,也有老子、庄子、墨子、荀子、韩非子等诸子思想,还有唐诗、宋词等古代文学璀璨的明珠,史学巨著《史记》《左传》等也列入选读范围。

诚然,传统文化的传承与复兴,不是一味地"复古",中国文化本来就是故去了的中国人生生创造之精神与物质的资产,在未来的行进中,中国文化也必然不是静态的、不变的,她是动态的、发展的、与时俱进的。我们希望广大使用这套国学教材的教师,能有这样的认知,在引导中小学生继承本民族既有的历史文化传统的同时,涵育他们全球化、现代化的视野与公民意识。中国文化拥有广阔的定义与视界,才能被全面欣赏与体认。

费孝通先生在晚年提出一个重要概念:文化自觉。他说:文化自觉是一个艰巨的过程,只有在充分认识自己的文化,理解并接触到其他多种文化的基础上,才有条件在这个正在形成的多元文化的世界里确立自己的位置,然后经过自主的适应,与其他文化一起,取长补短,共同建立一个有共同认可的基本秩序和一套多种文化都能和平共处、各抒所长、联手发展的共处原则。费老在他八十岁生日时还说过一句话:"各美其美,美人之美,美美与共,天下大同"。我想,这应该是当代有思想的中国人在全球化的时代背景下,继承传统历史文化中应该具有的胸襟与格局。

这套丛书由武汉大学国学院院长郭齐勇教授指导并担任总顾问。武汉大学国学院院长助理孙劲松先生、向珂博士在筹组编者队伍时提供了真诚无私的帮助。此后又蒙秋霞圃书院奠基人、历史学家沈渭滨,语言学家李佐丰,古典文献学者骆玉明、汪涌豪、傅杰、徐洪兴、徐志啸等教授在谋篇布局上的悉心指点,形成了本套"新编国学基本教材"的框架。确定框架之后,我们邀请了武汉大学、复旦大学、华东师范大学、南开大学、中国传媒大学、中山大学、内蒙古师范大学、陕西师范大学、南通大学等高校人文学科中青年学人和江浙沪地区几位优秀的中小学语文教师参与编写。

"新编国学基本教材"书名,由章汝奭先生书写;汝奭先生唯一的弟子白谦慎教授学贯中西,长年旅居海外,其书法亦承文人字传统,欣然续题新编部分教材书名;丛书封面所使用的漫画由丰子恺先生后人特别友情提供;内文中部分汉画像插画由北京大学朱青生教授提供;画家李永源先生近耄耋之年,为这套丛书手绘了数十幅插画,浙江电子音像出版社也为本丛书提供了大量精美的插画;海上国画名家邵琦教授颇有古士人之风,欣然赠画梅兰竹菊四君子,使本书又多了几分审美的趣味……这是一部寄予无量深情的作品,所有的抬爱,都源于师长们对于中华文化的敬意与温情,在此深挚致谢。

本套丛书 2013 年 1 月由浙江古籍出版社首次出版。2015 年由华东师范大学出版社再版。此次经过修订、重编,第三版由上海财经大学出版社出版。一套纯粹由民间力量发起的国学普及读物得以三次出版,在一定程度上说明出版社与读者朋友对这套书的肯定。在此,向浙江古籍出版社、华东师范大学出版社、上海财经大学出版社和读者朋友们表示感谢!

由于主持者与编者的学识有限,尽管悉心编校,但不足之处难免,敬请方家、读者指正。以便来年修订时,相应校正。

差错和建议可致电:021－66366439,13816808263。通信地址:上海市嘉定区南大街嘉定孔庙秋霞圃书院,邮政编码:201899,电子邮件:qiuxiapu@163.com。

李耐儒

戊戌孟夏于嘉定孔庙

不信試看千萬樹東風著
便成去
青藤的意
攬月書屋邵琦

也知造物有知己故遣
佳人在空谷
東坡先生句
葉賢書屋鄧琦寫於滬上

野色入高秋寒影疏湖水日午晚風涼清為龕起梅華道人的藥室書屋即板橋寫其大意

一卷新詩驢消苑雨幾枝霜
菊共秋寒
南田先生句
饗書屋鄧錚